二魚文化

回娘家曬太陽

鄭麗卿

推薦序

擺渡的女子

余昭玟

麗卿和我是屏東女中時的同學，那是三十多年前的往事了。在這片臺灣南部最大的平原上，我們奔跑跳躍，也求學成長，南國濃烈的陽光使生活妍麗多彩，那是多麼難忘的人生圖景！每天太陽從巍峨的中央山脈昇起，黃昏西天的彩霞則映照平疇沃野，在高屏溪的水流上閃爍。水稻、芒果、鳳梨、西瓜、木瓜、甘蔗，數不完的豐盛物產，我們這群屏東女兒幾乎都出身農家。

這部散文集裡所描述的屏東，有紅磚老瓦厝，門前桂花開放，在庭院夜涼時，傳來陣陣香氣。到晨曦微微，美人蕉，朱槿、檳榔的姿影即清晰可見。秋日有廟宇的祭典，獅陣、神將陣、車鼓陣，一片風調雨順，五穀豐登。童年經驗所累積的記憶，在數十年後催發了創作的題材與靈感，《回娘家曬太陽》是麗卿重現生命史的一種方式，她構築故鄉的時空，展現最庶民實在的一面。

書中〈來自鹽埔的電話〉一篇，講母親時時來電：「吃飽未？會冷未？」「今日烏陰烏陰顛倒寒也，好啦，你在無閒，說這樣就好。」老母親的絮絮話語，幾句話就情意綿綿。

特別有幾篇書寫廚藝與食物，例如童年的冬夜裡被母親喚醒，吃一碗雞湯或龍眼米糕。自己為人母之後，烹調以原味簡易為主調，女兒則另有自己的口味。打開回憶的鍋蓋，味道溢出，甘藍菜、狗母魚鬆、絲瓜麵線，以及一鍋野炊的醇厚香味，種種食物形成情意飽滿的語境。我們看到祖孫三代的女人，食物與身世互動，在烹飪過程中，同時透露了情感關係，藉食物委婉托出心中的所思所懷。這幾篇文字浸透在與親人共享的食事裡，從中追尋親人的身影，母親給予，兒女接受，母親煮料理，兒女吃美食，透過飲食，形成某種生命印記，默契相知，食物遂成為家族共同的語彙。身為女作家，麗卿的廚房與書房的距離在文中拉近且融合，以文字道出廚房情事，飲食書寫恰為女人試圖找尋自我的象徵符碼。

她並回顧童年種種，小學時為鞋子哭鬧，父親便跨上大腳踏車載去百貨行買新皮鞋，而父親本身卻是終年一雙赤腳，承受歲月所能承受的一切。〈圓仔花〉一文中的嬸嬸，說話時全是肯定句，像標語口號，滿滿天下無難事的氣概，話聲可以飄過幾處田園，到達空曠中；不說話時如蒼鷹停在高處，即將向獵物俯衝的專注，那勇猛的氣勢，如紫紅的圓仔花，熱熱鬧鬧開在南國陽光下。

和屏東相比，臺北是另一個活力四射的世界，麗卿十八歲離鄉，到臺北求學工作並結婚生子，在屏東成長，在臺北開花結果，這裡是她追求成就之地。〈在公車上〉、〈捷運站出口〉幾篇記錄首善之都的繁華緊湊，有不堪之處，也有人世的美好風情。由噪音、招牌、車輛建構起來的臺北空間，一樣充滿夢想。

往返屏東與臺北兩地，三十多年來，屏東女兒就這樣奔波又奔波。放眼望去，像一條人生河流的兩岸，一邊是工作養兒育女，一邊是回娘家聊盡孝養，讓兒女平安成長，讓父母怡然養老。麗卿是一位擺渡的女子，時而在高速公路的車流裡穿梭，時而搭高鐵疾速前行，臺灣的交通工具幾度更迭，擺渡的女子則一貫用自己的青春為槳，搖啊搖，水光映照著憂歡歲月，倏忽之間，已然到了中年。

屏東與臺北，在書中筆下展現的，是一個有情世界，其中有光影，有陰影，令人閱覽到生命的多面精彩。隨手拈來，都是一段段生動又深刻的心事！麗卿自年少就執著於文學，進文學院就讀，多年來以編輯為業，為他人出書，她其實也有許多故事要訴說，許多文采綺思蘊藏已久，此番出書，以文字來表記人事物，一個個動人的意象於焉展開。三十九篇作品，大多發表在報紙副刊，更有幾篇是得獎作品。她一人獨處臺北的日晝，回顧生命裡種種美好的片刻，藉書寫包裝行囊，細細品味生活片段，像蜂一般蘊釀，終而結成文學之蜜。

目次

臺北

屏東

屏東 ⟷ 臺北

記憶之所繫

回鹽埔娘家時，母親要我去看看房間裡的衣櫃。那樟木櫃是早年父親從隘寮溪撿回的漂流木製作而成，深紅的舊式形款，抽屜銅製把手大半掉落了，真是老舊，老得顯出時光的洗練，舊得足以容納幾代人的記憶，老舊得和整座老屋非常搭配。以前家裡貴重的衣服物品都收納在這裡，現在則放置我們兄弟姐妹的畢業紀念冊、相簿和集郵冊以及舊衣等等。

我從上層一一打開抽屜查看，淡薄的樟腦丸氣味裡，有舊生活的味道，舊衣舊物依舊在，不知多少年沒有穿用過了，但是看著安心。同時，在悠悠歲月之河中你得以知道自己的位置在那裡。

也是一種老舊的方式，抽屜總得經一番左右上下敲拍好不容易才打得開。我費力打開最底層時，赫然望見千百隻白蟻正蠕蠕聚集伏在一本本紀念冊上。一時，起了一身雞皮疙瘩，彷彿，被千百隻小嘴吱吱輕囓著；彷彿，兒時廁坑裡的千萬隻蛆沾染上身。由於驚駭，我只能啊啊尖叫，慌忙跳走。母親急急喊來大哥噴驅蟲藥，忙亂間，大哥指認了他的初中畢業紀念冊，拿起來往腿上拍一拍，甩了一甩，哼哈兩聲便丟下匆匆去處理檳榔了。

父親和大哥大清早就去採割了一大車帶梗檳榔回來。父親裸著被南臺灣太陽曬得焦黑的背，正忙著將檳榔分類，此刻對白蟻更無暇一顧了。姐姐與三個外甥女也回來幫忙，相簿裡還有幾張她的結婚照，但她似乎也無所謂了，很投入地用剪子喀喀喀剪檳榔。

噢，你們都這樣！這些舊照片紀念冊就不比那幾顆檳榔重要哦。

唯我一人搶救相簿紀念冊集郵冊，和被白蟻啃剩的殘片。白蟻的分泌物緊密而整齊黏附在簿冊四周，必須一一擦拭。我一頁一頁翻看相簿，其中，大哥穿著喇叭褲在郊遊烤肉，當時弟弟就像現在他兒子的模樣，姐姐與友伴在山中攀著鐵橋照相，父母親正當勇壯，而相薄裡的三叔公三嬸婆、大姨和姑媽都已棄世。還有幾張連我自己一點印象都沒有的照片，幾時拍的？什麼狀況下拍的？背景的紅磚瓦厝熟悉而遙遠，看起來像別人的照片一般。被白蟻啃蝕破壞的部分，就像誤觸了電腦刪除鍵的檔案，消失得無影無跡，也銷毀了我記憶回想的密碼。我將一本本相簿集郵冊紀念冊攤曬在門口埕，它們的時間記憶如同達利畫作裡的時鐘癱軟一地，也像他的維納斯身上的抽屜，零亂跳躍而超現實地收藏著各年代的生活片段。遺忘之神頑童似地坐在檳榔樹梢頭，晃盪著雙腳，不懷好意笑著挑戰我記憶的能力。

豔陽當空，熱，火熱得就要焚毀記憶迴路似的。有時一陣陣小風襲來，炎熱的屏東平原常會有的一絲絲涼風，還沒有被太陽曬焦，沒有煙塵濁氣，帶著檳榔花鮮烈氣味，更像一把檳榔葉壓成的扇子招來的清風。領受著陣陣清風，我對此地的愛就回來了。我愛此地乾脆的熱，暴烈的雨，從來不讓人感到絕望。我也愛人們單純地愛憎，愛他們的實際不空想，努力工作不幻滅。我熱愛大家圍在一起剪檳榔，愛他們坐下來時所顯出的一身疲倦，也愛他們口中那熟悉的鄉野聲氣。

熟悉的事物和感覺，也隨風陣陣回到我心中。我停住手，嘆口氣鬆垮垮坐下來。是因為我離開了家鄉，所以才特別珍重這些老照片和紀念冊？我在追究的好像是，一種古早的生活，一個不同的故事，已被大家拋在腦後的世界。我所計較的記憶和相簿，如古老座鐘答答的響聲一樣，在現下的時空裡顯得癡傻。外甥女好奇湊過來看，玩笑地說道：阿姨少年時嘛真可愛喔。或許她們真無法想像我曾經也是個少女，看不出在我佈滿褐斑的臉上也曾有過青春色彩。雖說我的少女時代也不過如清水一般平淡無奇，可是，可是那白衣黑裙短髮，那眼神那容顏如花開放，而時光卻是殘酷的鏡面，映照出我所失去的，也正因為失去，所以美好極了，因為美好，所以傷痛極了。

當年，我們各自佔據事務桌的一個抽屜，現在抽屜裡仍完好收放著大哥的情書，姐姐的散頁日記，我和弟弟高中時期的作業簿、週記。週記裡寫著這樣的字句：「以後要早起努力讀書，下次一定要拿第一名」，「以後要做個有用的人，報效國家，報答父母辛勞」，「颱風刮得香蕉全倒了，家裡損失慘重」云云。這些頁面散發強烈的、具穿透力的氣味，這氣味刺激著我，彷彿爭著要喚醒我的記憶。這些句子如今讀來稚拙可愛又可笑，卻也像生活長河中的小泡沫，更像白蟻囓蝕的殘片碎屑，簡單揉搓掃掉就消失了。母親保留著這些，或許出於節省惜物的本性，或許她只是惦記著那是孩子們的簿冊。撫摩昔日之物，輕易就會想起，我想起那時候……。

我輕易就想起，是小學某一年的夏天，盛產的香蕉忽然就滯銷了，一座小山似地堆疊在門口埕，表皮一天天由青翠靜靜地轉為金黃，飄散出香甜的氣味，蒼蠅營營飛舞其上。又漸漸地金黃的香蕉老了，快速地長出褐色斑點，熟甜的香氣招來更多更狂亂的蒼蠅。父親嘴含香煙向來不多說什麼，堅韌的神情就像他健壯的體魄一樣不輕易被打敗，只教我們把幾近糜爛的香蕉一畚箕一畚箕搬去牛稠做堆肥。當時我就明白我們正把一堆原本可以用來繳納學費，可以減輕父母煩惱和負擔的黃金傾倒出去了。日後，即使沒有照片的提示，即使父母不曾再提起，這一段記憶就像剝香蕉皮一樣讓人輕易記起；而那青翠的、金黃的、深褐的，靡爛的顏色和狂亂的群蠅，也在夏日的記憶中交錯流動。

流動的記憶中，我還看見小學時期剪了西瓜皮髮式的自己：在採收菸葉的季節，放學後的下午，二叔公家一落一落菸葉的臭腥味撲面而來，大埕上成群蹲坐著串菸葉的婦人，中氣十足笑語喧嘩，我和小麻雀一樣退在一旁，呆望著自己長長的影子，歪著頭想我可以永遠記住此刻的情景嗎？可以記住這樣有點薑黃的陽光嗎？長大以後我還能記得這裡一切嗎？還有還有，我又看到朱槿，在人家的圍籬上，在上學的路上，在牙醫師家門口，在衛生所圍牆邊盛開，火紅的花朵，一年常開，天天可見。許多年之後，回憶卻在不屬於原來的地方誕生了，我在日文雜誌上看到一張照片，粗陶盤上襯托著一朵朱槿，一樣火紅，絕色，那時候我才驚覺且詫異朱槿的美麗，有故往之美。

而今，故人故事故鄉，我遺忘了許多許多，遺失的記憶就像被白蟻吃掉的相本，被颱風刷洗過的田地，也像風化的磚頭一般粉碎了，但是只要我回到這裡，在無意間，總有預想不到的觸媒牽動記憶。就在午後，下過了雷陣雨，堂叔幫父親帶回賣檳榔的所得，看見我，訝異而簡單如昔問道：咦，幾時回來的？在同樣帶有潮意空氣的黃昏，在門口埕上相同的問答，彷彿三十年的歲月不曾經過，彷彿一場午覺醒來大家一同回到舊照片中的時空。堂叔訝異著三十年前的訝異，而我依然是那個初北上求學返鄉的女學生。

那個戴著近視眼鏡的女學生，在雷陣雨之後，皮膚觸覺沉浸在微潤的潮意中，輕輕吸一口氣，空氣中有那必不會少的汗酸味，盤桓不去的豬糞雞屎臭味摻雜著稀微桂花和含笑花的甜膩；燕子停在電線上梳理漆烏的羽毛，紫紅的九重葛盛開撩亂，遠處依稀響著鳳飛飛或是蕭孋珠的歌聲。她總悄悄退到一旁，看著，聽著，然後夢幻著少女的夢。所有圍繞著她的一切，使她心頭充塞著靜穆甚至有點悲涼的情調，但她從來沒有想到這一切日後都將成為苦苦追索的記憶。

與堂叔那一句尋常的問答，讓我追索著記憶，彷彿一切明明就在你眼前卻又觸摸不到。一句話便讓我彷彿回到過去，那些生活中遠去的小事，比如壁虎在牆角的聒聒叫，日暮時蚊群的雷鳴，大灶燒柴的味道，彷彿依舊在，圍繞著我，與我說話，日子在我身邊簡單安靜又忙忙碌碌，時間繞著老牛老鐘慢慢轉。這種感覺如此實在真切卻又顯得十分飄渺，帶著隨之而來的欣喜，隨之而來的惆悵，隨之而來的微微心痛，彷彿童少的我依然存在老屋的某個角落裡，一個轉彎便與我撞滿懷。我會站在那個角落裡，注意看著光影，嗅聞氣味，感受風拂過的涼意，彷彿這些光影，氣味和空氣的振動會帶我回到過去，回到那個未曾離家前的童少時光。

然而，父母親卻鮮少回憶過往，或者訴苦，因為還有遠比美麗，青春或是記憶更重要的事情，那是生活本身。父親因為肺結核，戒掉了數十年的抽煙習慣，在家也不多言，唯有讀報看電視吃飯睡覺。而母親總是有許多話可說，五穀六畜，四時八節無一不談，我若能有一兩句話回應，母親就更談得盡興，就像往日瑣碎的日子仍然繼續著一般。我看著母親，熟悉的身形卻有一些陌生的衰老，老化的時光之輪正細密地輾壓折磨她枯瘦的軀體。有時，母親也感嘆：人吃老就沒有用，這陣怎麼就這樣腳手慢鈍？

母親像撫摩發疼的手腳一樣撫摩著殘破的紀念冊，叨叨念著何以屋子裡會生出白蟻來呢？住居了六七十年的老屋初次遭遇白蟻，這個問題著實讓她十分困惑。這座老宅已是村子裡所存不多的磚瓦房，曾經被颱風掀開屋瓦，地震時樑柱也像在勉力撐持而發出吱吱嘎嘎聲響。母親勞作了七十餘年的手腳，也因退化性關節炎而不堪伸展。我試著寬慰母親，可能是建材老朽難免產生一些蟲害，就像人年紀大了也總會有一些病痛，就好比關節炎正在侵蝕她的四肢一樣。但我的安慰也不過是一帖無效的止痛藥，並不能消解母親對房屋相簿紀念冊和集郵冊遭白蟻蛀蝕的痛惜。然而，收藏著記憶的簿冊，究實也如同房屋，如同我們的生命，一生的記憶與遺忘，就像一陣陣清風，只是路過。

雖然明白一切終究只是如風吹過，但老屋，鄉親舊事，朱槿，檳榔，椰子樹，冉冉的蕉葉與低垂的稻穗，以及夏日的酷熱卻是我對家鄉記憶之所繫。因為我久久的凝視與追索，它們得以穿越悠悠歲月，在我心中形成永恆的形象和記憶，這些記憶彷如南方夏夜星空，遙遠清涼閃爍而無眠；也彷如一隻關在我身體抽屜裡的小小鳥，時不時就會醒過來拍拍翅膀，輕啼幾聲。

回到鹽埔

返鄉路上的車窗外，天空顯得特別空曠；芒果樹在左，褐紫色的新葉尚未沾染灰塵，在陽光下閃閃發亮，枝頭開滿淡黃色的花穗；蓮霧在右，紅水晶般在枝頭發光；前前後後香蕉和檳榔樹的大葉子搧著風；一派處處良田風調雨順五穀豐登的氣象。

一時錯覺，我懷疑時間是否在前進？抑或只是來來回回循環？小時候，「時間」是半年發一次的新課本，一年是牆上一張紅色的春牛圖。人到中年，「時間」則是衝上捷運的那幾分幾秒鐘，月月催繳的帳單，頭上數不清的白髮。而年年我在南北之間來來回回奔波，卻錯覺時間只是四季的循環更迭。

回到家鄉，氣氛、人事物都是清朗舒緩的舊日時光，老瓦厝穩穩地座落在陽光下，煥發一股堅毅和力量。農家粗獷的生命力，就像屏東的陽光一樣充滿穿透力，穿透我，使原本萎頓的我像一株吸飽水分和能量重新煥發的農作物。

這株作物滿懷新鮮與懷念精神愉悅地走在路上，引來好奇的眼光追隨，他們以看陌生人或外地人的眼光打量我。在門口埕，我也見到多年未見的鄉親。新春期間大家閒下來，閒閒踱著步子到各家寒暄，一副閒下來反而不知道做什麼好的模樣。他們還是一身土味簡單的衣著，熟悉的臉孔，當年我們小孩像一窩春燕穿梭出入他們的屋宅，如今他們的臉面曬足陽光汗水浸透，皺紋深刻頭髮灰白了，也老得不認得我了。有時母親需得介紹：這個是第二個女兒，嫁在臺北的那個啦。很難敍說當下那輕微的震動，我在他們眼裡捕捉到一抹陌生而恍然的神情，彷佛我是那來尋舊巢的燕子。在臺北，我曾經迫切地想望在早上出門，或晚上回家時可以在路上遇見親友互相問候，就如同早年在鄉村人們相見時的問答。今天，難道我在家鄉也成了異鄉人？他們已經把我遺忘，當然我遺忘了更多。他們的習性如故，有人家裡添丁了，房屋翻建了，或者娶媳婦了，說過這些之後便是沉默和尷尬。壁虎時不時在屋裡呱呱叫，有時媽祖廟廣播的鼓吹響起，鴿子在遠處咕咕咕，大家便各自尋事走開了。

大年初三，熱心的國中同學電話邀集了連絡得到的人，召開了小小的同學會。談話間，昔日的少年說：我們都已年過半百……。「半百」一辭，如此古老又這麼新鮮，用在自己身上卻像是誤喝了烈酒般嗆辣銳利，乍聽又彷彿被歲月迎面重重打了一拳。忍住驚駭，回想之前所以為的半百之人的樣貌，總是或衰弱或遲鈍或頹唐，我不禁打了個冷顫。席間有人問我是否記得當年他們給我的綽號？我想了想，搖搖頭，但看他們臉上露出壞壞的笑，可以想見是那種國中男生不懷好意的胡鬧。我不記得了，就可以當做沒有發生過嗎？實在可惱。

飯後大家唱起卡拉ＯＫ，這一群廁身警界餐館業貿易界地政軍公教藥行的辛苦中年人，就像要尋回往日時光似地盡力歌唱，努力淘氣吵鬧。在那一片歡鬧中，女兒說，她很難想像這些歐吉桑曾經也是國中生哩。

晚上家裡圍爐吃火鍋，外甥提起前些天他們種的花生有一畦種漏了。姐姐聞言大怒，開始斥罵小孩做事草率隨便偷懶……。咦，在多少年前有多少回母親也如此責罵過我們兄弟姐妹。凡是種瓜點豆、插甘蔗栽番薯時，「漏溝」的情形是農家的禁忌，然而此刻母親老臣在哉說道：「不要緊啦；灶腳有兩欉拜拜過的鳳梨，明天拿去，鳳梨頭切下來栽在畦頭畦尾，路過的人見到了就會說有旺來喔。另日有剩的種籽拿去種下就好。」她的表情與言談之中，有著對農事與傳統的信心與光采，還有老人的寬容。

兄弟各有專業，老父母積累了六七十年的農事經驗和見識，如今可以教給誰呢？在農地勞作的痕跡明顯刻畫在父母身上，他們的臉部瘦削，顏色褐黃皺紋順著肌肉的紋路走且深刻，顴骨高而穩重聳在臉上，表情單純，一裂嘴笑便露出閃亮的銀牙。父親的手臂因長期在陽光下曝曬，宛如熟透的香蕉佈滿了點點褐斑，他青壯時宛如古希臘雕像的壯美身體，稻浪般起伏的胸膛，如今也像旱田一般瘦瘠了。有一日，父親靦腆地問起弟弟的工作：「舜仔伊在電腦公司是在做啥呢？」我被問住了，思索著如何簡單說明可以讓父親明白，但是那些晶片、半導體面板的科技產品實在遠遠超乎老農所能想像的範疇了。

在老家，回復了閩南語的思考與表達，真教人有鬆一口氣的暢懷快樂，猶如魚游回水中，鳥飛在天空，樹木植根於大地一般地自在。大家說話直率的氣口，時時流露在臺北幾乎聽不到的辭彙和語調，鄉村生活的瑣碎記憶便自我腦海源源流出。比如在制止小孩講話沒大沒小的不禮貌時，以前母親便以「不可無畏人」來教示。在指稱某事物時語氣往上揚，便帶有輕蔑的意味，比如說到「警察」，尾音的上揚與下抑，就表達了對這一行業的輕視或尊重。置身在帶著些許草莽氣，散發著鄉土魅力的話語中，才讓人確定感知回到老家了。

回家是平常事，但每一回我都要抱怨車站擁擠的人潮，花費了多少時間，又如果哥哥沒來接的話我得多轉幾趟車，並且抱怨回臺北時家人給我裝了太多太重的農產品。母親四兩撥千斤，說現在搭高鐵可以當天臺北高雄來回，當年要起厝時，你們父親糾集了親友的十餘部牛車隊，天濛濛亮即出發前往鳳山竹仔寮運載瓦片，來回兩趟回到家都已星月滿天了。我想像著一甲子之前那十餘部滿載瓦片牛車隊的陣容，想像那少年揮動牛鞭的節慶般心情。父親總是能夠在艱苦的勞作中尋得樂趣，當我們問起過去的事項，他述說起來都是驚奇而有圓滿結局的童話故事。

就像一代傳一代的童話故事，祖父將這座屋宅交給父親，父親交給大哥，而逐漸變得像一座貯藏室，或者說像個雜貨鋪。家裡四處堆放著脫了柄的鐮刀、鋤頭等各式農具與各種零件、殘缺的玩具和凹凸的鍋子，大家用過未用的物品、舊衣雜物、箱盒。沒人願意或捨得丟棄什麼東西，總以為在什麼時候還會用得上，因此所有物品全都蒙上層層塵灰蛛網。我凝望這些物件，它們突然散發出情感的光采，一段又一段的情節紛紛湧上心頭，往事也像蛛網一層又一層織出，讓我不能出手拂動甚至丟棄它們。比如衣櫥裡變舊變小的花裙，依然帶著青春的線條與風采，它們裝飾過我曾經的美麗，如今卻背對著初老的我。這些衣物在時間的角落裡沾染灰塵，裡面藏有許多故事枝節，我還要再一一檢閱嗎？又如我們從小蓋的紅花被單已經有所破損，母親將之對折對折再對折，縫成四方的小被單，老物新用覆蓋在新棉被上遮擋灰塵。

整座老屋沉靜地在時間空間裡敍述它的故事。

十八歲時的一個夏日黃昏，寫下第一首詩的窗邊，我仍然記得那種穿過磚牆而來的風，有著特別的沁涼和鄉村的味道，當時只道是尋常。而今，我彷如一個在遠方逐漸老去的異鄉人，多麼渴望再看到十八歲時窗邊的暮色。如果，如果人生可以回頭，我就要從這個起點出發，我不要再退縮，我要像窗邊的香蕉一樣植根於這裡……。回首這大半生，教人悔恨的事正如四周的灰塵層層疊疊，然而，時光也無聲無息改變了我與一切，我如何可能有另外一種面目呢？對過去的假設和悔恨都已不具絲毫意義了。

芒果蓮霧即使成熟落蒂，仍舊會記得掛在枝頭的滋味吧。這個簡樸的臺灣農村就是我的出身背景，或許農村保守單純的生活，養成了我有些呆板嚴肅的性情，更或許無形中使我始終不能適應融入臺北都會的生活。即使臺北有諸多的便利和繁華，即使回到農村也感到不慣或不便，但只要回到農村，曬過乾淨明朗的太陽，與鄉親父老閒話桑麻，便實實在在有充足了電力的感覺，又可以心平氣和精神滿滿地回到臺北生活。

每次北返的途中，田野間偶或出現一座低矮老舊的瓦房，那一片風景總顯得特別勾人情思。然而將來，如果老家的瓦厝拆除了，如果父母不在了，我要如何記憶家鄉？如果失去了帶著童年青少年時期氣味的事物，我要如何再愛這個地方？我如何去回憶夏日炎熱與冬日溫暖的陽光？帶有堆肥味道與汗酸的空氣？颱風打在玻璃窗喀啦喀啦聲音與暴雨的狂嘯？夏日午後的西北雨傾潑時，替阿嬤阿祖收拾曬著的豆豉和蘿蔔乾的慌忙；與搶收曬在大埕上稻穀的急呼？其實至今，在臺北一聽到下雨聲，依然習慣性地慌忙四處張望有無什物待收拾，依稀彷彿還有老人的聲聲呼喚。

我鄉鹽埔是一個平常的農村，和其他鄉鎮差異不大。我記憶它，只因為我在這裡出生，長大，這裡有我最初望見的繁星銀河，最早經歷的颱風暴雨，以及最初愛與不愛的人。年輕時，回鄉是小小的罪惡感使然，任性地以為老家一直都會在那裡；現在回鄉，我卻像一隻困惑的燕子，在過往與現在，記憶與想像，父母與老屋之間亂飛亂竄，愁緒找不到地方築巢。

在老屋邊新建的鐵皮屋，我看見了空白，一個全新的開始。

我望著鐵皮屋，聽得到陽光嗶啵作響，萬物生長元氣勃發，農村不會停留在悲愁與憂傷裡。四季總是更迭的，五穀總要栽收的，那麼，敬謹對待眼前現在吧，如是我念想。

愛到入骨

一日，我走進一家拉麵小店，角落裡傳來五木寬的歌聲，是〈細雪〉。卡帶錄音機，沒有音效，但，這就對了，就是這樣簡單的聲音，渺遠的樂曲，在汨汨冒汗的季節裡，召喚早已滲入記憶中的感動，開啟一種時光倒流的感覺，陳舊卻美好。

多少年前，也是這樣高溫的盛夏，田園中偶爾響起電晶體收音機的歌聲，偶爾有人家辦喜事的廣播遠遠傳來。文夏或郭金發或陳芬蘭還有許多不知名的演歌，總是十分悲切哀傷。在田裡勞動了半日，方圓幾里內又看不到其他人影，突然有歌聲，剎那間溼潤了被太陽灼乾的心情，也彷彿在溽暑的恍惚中有人及時出聲喊住你，免得你在熱氣翻騰且乏味的田地中蒸發了，如身上粒粒冒出的汗珠。

恆常一身浮著汗珠的農人，如何想像北國的片片細雪呢？或許大家也不作興想像，喜歡聽歡喜唱就好。自我記事以來，鄉村的婚宴，都是於前一日黃昏開始在喜家的門口埕架起喇叭，向全村大放送流行歌曲和鼓吹，一方面昭告鄉親父老，一方面炒熱慶賀的氣氛。

製造熱鬧氣氛的，也就只是一臺素樸的唱盤與黑膠唱片，所選的歌曲葷素不忌，明明是婚禮，卻常有各種哭腔悲調，端看當時在流行什麼。葉啟田的〈內山姑娘要出嫁〉，郭金發的〈為什麼〉、〈走馬燈〉，姚蘇蓉〈負心的人〉；在余天的〈榕樹下〉、陳蘭麗高歌〈葡萄成熟時〉；鳳飛飛和鄧麗君同臺較量；連布袋戲的〈苦海女神龍〉都來了，更少不了讓人聽起來心糟糟的演歌。從來沒有人以為不吉利而抗議而改變，喜氣像鞭炮一樣四處炸開，只要場面夠熱鬧音樂夠大聲，大家就歡歡喜喜，彷彿這樣鬧鬨哄才能表達沒有說出口的祝福心聲。

除了農曆七月，三不五時就有大喇叭大放送亦悲亦傷的歌曲。隔著或近或遠的距離，旋律有時清晰有時模糊，我喜歡試著去編織一對對新人愛的故事，想像戀愛中人曲折幽深的心情，和可能有的微苦或青澀的感覺。日後，往往在媽祖廟前，在路上，在農地裡遇見那新婚不久的人，已經扎扎實實在柴米油鹽中滾過幾番了，身上是膩著汗水的濡溼衣衫，難以再從他們的姿影上覓尋我曾經的多餘想像了。

我循著車聲，人語，嬰啼，狗吠貓叫豬嚎的方位看過去，若是夫妻共坐摩托車，女人一手搭著男人的肩，一手緊抓著座後的扶欄，後座必綁載著比人高的番薯葉或者甘藍菜，也可能是一架農藥味濃厚的噴霧器。若是男人駛牛車，那女人便騎腳踏車趕緊下田去，誰也沒有時間和心情坐牛車慢慢晃。逢上初一、十五媽祖廟前的市集，則是姑嫂或兒女作伴一起拜拜購物，男人有的騎車四處逛逛，有的找兄弟閒聊。

日子久了，夫妻之間已習慣以互相責罵或喝斥來感受彼此的存在，彷彿不以此方式就無法表達什麼似的。心內的門窗不知是太沉重還是太輕薄，是無力去開啟還是被羞怯封鎖了？他們如此熟悉彼此，而粗礪的生活總是不友善地折磨著人，致使彼此互生嫌厭，惡聲惡氣地數落對方。

但是，慢著，聽著聽著，我聽出其中一點不一樣的意思了。我忽然明白，在這一連串的否定詞之中，暗藏著不曾以言語表達過的情感，也許，雙方曾經用眼神灌溉過的豐饒心意，是枯澀的唇舌與表情萬難表明一二的。於是，我回想起放送頭播放的歌曲，多少柔情多少淚，說不定那些歌聲曾經確確實實撫慰了他們的哀樂，日子便又一日一日過下去了，也是怨怒也是笑，我聽著竟勾起了無言的嘆惜。

最讓人嘆惜的是，父母親正也是這樣吵吵鬧鬧生活了一甲子。共同生活了一甲子，吵吵鬧鬧已成為生命的基調。那一天，父親載回了一車檳榔，家人圍上來各自安靜地剪檳榔。父親忽然低聲問：怎麼沒看到妳娘呢？那聲音絲毫不能掩飾他的擔憂。我說：伊腳痛，在房間歇睏。沒有了母親叨念，只有利剪的喀喀喀，整個時空似乎就缺少了什麼曲調。

父親在外孫女的婚禮上，特地準備四首歌，分別在男女雙方兩場宴席中高唱：〈北國之春〉和〈大阪しぐれ〉、〈愛你入骨〉和〈浪花節人生〉。主持人哄小孩似的對父親的歌藝大力讚美了一番，然後問道：阿公幾歲啊？父親答：八十二。八十二歲啊，不用戴眼鏡還能看電視螢幕唱歌，真正是老當益壯呢，阿公，你是我的偶像啦。父親鄭重如上臺領獎的小學生，憨憨笑了笑便下臺了。

每年年末，日本的NHK紅白歌唱大賽轉播，我就專等著聆聽石川小百合演唱〈津輕海峽　冬景色〉或是〈越過天城〉，也期待北島三郎、五木寬等人唱幾曲令人懷念的歌，如一年中的某種儀式。看到他們年年一樣安好地出現在螢光幕上，自有一番舊情義在。

說到了演歌，想到的關鍵字就有：離別、故鄉、酒、愛、眼淚、海、港、船、雨、雪。柔緩哀怨的旋律，總是讓人聽起來感到神傷。夜裡聽著，就好像自己也是個離鄉的浪子，在下著雨或飄雪的夜晚，喝了酒，流著淚懷念起遠方的故里或情人。

猶記得，小時候曾經躺在番薯堆得高高的牛車上，薯葉清鮮味混合著溫溼泥土味，我望著清澄的星空，聽父親叨著香煙含混地哼唱「厚列馬列，厚列馬列」。後來才知道那原來是日語的「愛到入骨，愛到入骨」，歌聲回盪在遼闊鄉野中，宛如永恆的搖籃曲，多少年來一直吸引我長路巔巔晃晃回娘家。

那日回娘家，在父親房裡整理床頭的什物，他忽然說到晚上若不聽著歌伴眠，就會胡思亂想睡不著。夜晚，老人躺臥著聽歌，也許心中翻攪過往歲月的種種。當時，沒有抓住話頭追問父親在床上都想些什麼呢，那繼續深談的機會便錯過了。

現在想來甚為懊惱。一向，我們的對話都是簡問簡答的。我從來不知道父親有什麼苦惱或欣喜，我們彼此竟是如此難以傾訴多一些心裡話。父親並非無悲無喜，但在他多年來的一唱一嘆裡流動著的心事，我又知道多少呢？

回娘家曬太陽

回娘家，坐車沿臺 22 線經海豐德和至鹽埔，沿途是一片豐饒的田園，香蕉、蓮霧、棗子、椰子樹、檳榔樹都結實纍纍。新春期間芒果花開滿樹，九重葛開得撩亂。一路兩岸是綠的嘉年華，綠色的風，綠色的路，綠色的葉，泛著水光的新綠，無邊無際地展開，一片平疇就浮動在綠意當中。

家鄉是一個生氣勃勃的農村，一處萬物生長生猛有力的地方，自有一種雜亂，粗樸的面貌。但如果你仔細去辨認，在低矮瓦厝錯落間雜著無絲毫美感的透天樓房，小吃店檳榔攤簡陋的看板，各式大小紅黃牆面的廟祠，你很難說這裡和臺灣各地的農村有什麼不同。或許就像人群中的某人，你轉身就忘，一個你開車經過，不會留下什麼印象的某地。

此地平凡、庸常，生活中也充滿了憂愁、艱難和疾病。這些年村子裡也出現了7-11便利商店，夏天外勞推了老人病人到店門口排排放好，她們卻躲到店裡吹冷氣。鄉立圖書館座落在農地中間，彷彿農作物比人們更需要書卷味，而村子裡除了漫畫租書店，沒有一家書店。媽祖廟前兩棵老榕樹老早被鏟除了，二十世紀中葉之前熟悉的老人在廟前談天搧涼的風景，已經很淡很遠，走進歷史的懷舊照片裡了。

帶母親過南華大橋到高樹廣興村大路關參觀「鍾理和故居」。母親不知文學為何物，也不識鍾理和為何人，更不理解一個人何至於成為「倒在血泊裡的筆耕者」，在這座客家古屋中她最讚賞的是庭中一株百年夜合和盛開的老桂花樹。桂花香陣陣襲人，熟悉的磚牆和水窖，讓母親回憶起在他們小時候大路關的孩子每天要走過乾河道到鹽埔公學校上學，若碰到做大水就無法過河。而，那樣的距離，那樣的辛苦，以及前輩作家從日文轉換中文寫作的歷程，其艱辛也是我們難以想像一二的。

車再過南華大橋，橋下冬季枯水期的隘寮溪一片灰土的河道，天色的灰，連芒草也沾覆著塵土而更顯低垂，在淡薄的冬陽下只見一片蕭索，大武山也隱身在霧霾之後。河床上堆疊的灰土圓滾的大石頭，千百年來經歷多少颱風過後大水憤怒的沖刷，如今也只是靜靜看著從眼前飛快掠過的一切。如同老輩的人還是習慣抬頭看看天光雲色，推想明日的天氣，但想必他們也和我一樣無論如何也不能明白現代的「雲端」裡有多少玄機。

他們不可置信我每天面對著電腦敲敲打打也能生活：這樣敢賺有夠吃？哎，人生除了賺錢，還可以做些不一樣的事情啦。有時我真不能適應鄉親直白的「農民式」的談話，或許是沒有隱私的概念，語言直接似針，眼睛炯炯有光，照得人無處可閃避，這時候會讓人忽然很想念都市裡的房子，大門一關誰也不理會誰，或是那種陌路的互不關心，真好。

大致說來，鄉親們都勤奮工作，如今生活也過得平順小康。他們的人生主要目標就是工作賺錢，雖說賺的是血汗錢，也是賺得愈多愈好，存得愈多愈好，田地買得愈多愈好。他們一輩子就為這個目標在努力，每日踏實地耕作，但也懷抱著發財大夢。新春期間樂透彩的高額獎金，誘惑著大家，讓人心浮躁起來，什麼樣的靈感聯想到什麼樣的號碼，人人說得嘴角生沫。開獎了，照例是好運總不會落在自己的頭上，沒中獎是自然的，白花了錢也無話可說，臉上無可奈何苦笑，又幹罵了幾聲，發財夢還是會一直做下去。

母親也做著夢，她多麼希望每天還能夠到田裡做一點農事。日問，我們在簷下的遮蔭處剝皇帝豆，她習慣一邊動手一邊動口，想到什麼說什麼。都說些什麼呢，不外乎農作的種種和村中的故人故事。那些曾經親切的人事物啊，像是阿祖晚年常常半夜起來走到大門口呼喚嫁到磚仔地和番仔寮的大小姑婆：「不老啊，彩雲啊！」還有，早年在曬稻穀，有一次西北雨忽然就來，住對面那個寶田的老父，看到母親一人在搶收，「伊嘛過來給我幫忙，這件事我一直記著。」……諸如此類彼等的舊事。

熟悉的舊事與聲調，有時我分心去聆聽屋簷電線上鳥雀鳴叫，脆聲飛盪在紅磚牆和陽光之間，稻埕也顯得熱鬧了許多。等我回過神來再問一兩句話，母親有了話頭便又滔滔說下去。什麼都說了，反而親子之間的什麼話也沒說。

說著說著，父親又載回兩袋皇帝豆。我問父親帶去田裡的水壺有沒有定時清洗？他說沒在洗的啦。「伊哦，只用衛生紙把壺嘴擦擦而已……」有關父親疏忽生活細節，母親要數落的事情可有一牛車之多了。長年辛苦沒有餘裕的耕種生活，伴隨著鄉下人的任意任性，無時無刻忍受這嘮嘮叨叨，在我看來卻格外動人。每天他回家桌上有什麼食物拿起來就吃，什麼都不棄嫌，吃得津津有味。這時，母親總在一旁責問：手有沒有洗？父親會說在田裡洗過了。母親緊追不放，說看你雙手黑麻麻，哪有洗？兩人常常就為了有無洗手，也可以吵上半天……。明明是關心，卻要以粗礪的說法磨成荒腔走調的對罵。

父親和大部分的農夫一樣，就像被牛軛套住肩頭的耕牛一般勞作。自十四五歲時，因農忙時缺人手駛牛車，阿祖便讓父親退學下田，從此開始了一生無休的農夫生涯。「是啊，做穡七十年了，連去做兵三年，也是最辛苦的海軍陸戰隊，還跨海去打八二三砲戰，這世人實在有夠艱苦了。現在從田裡回來嘛累了，你莫更唸伊，伊嘛要歇睏。」我說。

稻埕迴響著此起彼落的鳥語人聲，冬日陽光曬得人全身像一床棉被般舒展慵懶，我總貪享著這美好寧靜的片刻。抬頭望天，天空像初生嬰兒的眼睛，淡藍中帶著溼潤，舖衍著軟軟的薄雲，顯得極其清靜。我也喜歡探身去觸撫被風雨沖刷得光亮的紅磚，色澤含蓄美麗，細緻中有時光的紋路，有些磚塊也靜靜地風化了，但感傷是多餘的了。

夜晚，人們已早早睡下。檳榔攤的霓紅燈兀自在黑暗中閃閃爍爍，夜鶯的鳴聲遠遠近近叩擊著村人的夢境門扉，夜色更深了。

老農與遙控器

從年輕人的笑語喧騰中抬起頭來，我首先看到卻是咖啡館裡靠窗的位置，獨坐著的一位七旬左右老翁。老人穿著黑襯衫，桌上一頂鴨舌帽和一杯咖啡，或許是熱巧克力。老人的左手托在前額，打盹。有時醒來，望著窗外。過不久，又打盹。他脫下右腳的運動鞋抓抓癢，腳後跟的襪子破了洞。然後又睡著了，頭垂下，終於不支趴在桌上。

睡了一下，醒過來。他看一眼手錶，轉頭又望向窗外，幾分鐘後又打起盹來。頭幾乎垂碰到桌面，睡了五分鐘，醒了，看手錶，喝一口飲料，手托住前額又睡著了。我不免要猜想：他在等人？或只是到咖啡館坐坐，消磨此晝日？一位孤單且打瞌睡的老人置身在充滿年輕人熱鬧的咖啡館裡，看起來總顯得突兀。

看著老人，於是我想起了父親。晚間吃過飯之後，他往往獨自看電視。後來弟弟添了諸項影音設備，可唱卡拉ＯＫ，可看影片，但面對四五支遙控器，父親連連問著這要怎樣轉？怎樣按？慣拿鐮刀和鋤頭長滿粗繭的雙手，握著精巧冷硬的遙控器，顯得非常後現代，而父親竟是一點也使不上力了。侄女在長形插座上貼了各種標籤，我幾次回家問父親可學會使用了？他搖搖頭，不無遺憾地答道：看無啦，不知要怎麼用。臉上是老農夫對電子科技的無可奈何。

父親不會主動開口要別人幫他開電視，除非我們和他一起坐下來，問他要不要唱歌或看影片。只能使用最簡單的開關、選臺，平時在看過霹靂布袋戲或無聊的連續劇之後，父親想唱歌時打不開音響，想看影片時不會切換電視，他的挫折與無力感是如何排遣的呢？那一支支遙控器就近在面前，卻也像各個遠在他方的子女一樣，呼喚無應。也許父親也會在電視機前打起瞌睡來，像那位老人一樣百無聊賴地度過他的漫漫長夜。

腳與鞋

父親的腳不小心擦傷了，不規則的傷口還淌著血水。父親不以為意，連擦個面速力達母都免了，自信一身的銅皮鐵骨，他說明日自己就會好了。

似乎一向如此，大大小小的傷口都是自然就好了。和絕大多數的農夫一樣，父親幾乎每天都是打赤腳下田的，一雙腳彷彿天生要踩踏在土地上，幾十年來扎扎實實踏過水田，泥路，牛稠豬圈，承受夏日的炙熱，冬天的霜寒。是這樣一雙農夫的赤腳，無比精神，無比氣力，也練就了如熱帶植物一樣的無比堅韌。

偶爾，父親也穿雨鞋，例如噴灑農藥的時候。曾經看見父親下田後脫下雨鞋，那一雙腳若不是汗淋淋的，便仍是沾滿了泥屑，雨鞋的防護作用似乎不大。在村莊裡的婚喪喜慶活動中，鄉親們記得穿上夾腳拖鞋已經算是慎重了。出外或是來到臺北，父親穿著皮鞋或運動鞋看起來就是怪，總覺得那鞋子不是在保護而是在拘限阻礙他的雙腳，相信父親走起路來也覺得不習慣不舒適吧。

記得小學二年級的某一日，我因鞋子的緣故哭鬧著不去上學。父親從外面回來，提起我的腳看了看，啐罵了一聲，這有什麼要緊呢？但還是騎上他的大腳踏車載我去百貨行買新皮鞋。習慣赤腳的父親，恐怕不太能理解一雙皮鞋重大關係著一個小女生的自尊和虛榮吧。

年幼時，通往田裡的路徑都還是坎坎坷坷的石頭路，大家也都習慣打赤腳走路。犁田翻地插秧播種更是一雙赤腳深入軟爛的泥水中，抬腳時腳底發出「唧」的一聲，彷彿泥水和爛土都極力要挽留住那腳；在一片泥爛中扶犁吆喝著水牛，腳步一抬一踏要費多大的氣力。沒人穿鞋啦，穿了鞋要怎樣工作，母親說。就像早年在稻田除草時，因為珍惜褲子，不論寒暑農人都把褲腳捲到膝蓋以上，雙膝裸露直接跪伏在稻田一行一行向前將雜草除去。

現在，父親年紀大了，走路的姿態愈來愈趨近於水牛。緩緩的穩穩的，腳板提得不高，有些疲態了。我靜靜跟在父親背後，陪他走一段路，心想這雙腳所經歷的勞作和歲月，承受了一雙腳所能夠承受的一切，它們像一部沉默的書，讓我永遠也看不盡讀不完。如果我有彩筆，那該如何來描繪這樣堅韌的一雙農夫的腳呢。

於是，我想起了梵谷的〈農鞋〉。那一雙農鞋，變形扭曲，潮溼，依稀還散發出絲絲熱氣，是結結實實有人穿用過的一雙鞋。這幅畫就像是用鞋子踩踏過的泥濘所描畫出來的，你輕易可以知道它的主人跋涉過什麼樣的路途，邁出多少艱辛的步履。

想到〈農鞋〉，又讓人聯想起他的〈食薯者〉中燈下苦紋的面容和勞動者粗拙的雙手，深褐的大地色調，梵谷自評為源自於農民生命的深處。在我的腦海裡也一直存在著父親和鄉親粗糙的臉龐與厚繭皸裂的手腳，是我時刻思考的素材。

採檳榔

夏日回到鹽埔，巷路上隨地可以見到人家門口高堆著一弓一弓的檳榔梗，男女老小熱熱鬧鬧圍坐著剪檳榔。先剪下一粒粒含鬚的檳榔，在兩三年前還須靠人力一一拔剪那長鬚，現在也有除鬚機器可代勞了。最後，將一粒粒乾淨圓潤發出悅目光彩的「綠金」送去盤商行口交貨。

檳榔樹原是我寄託熱帶地方浪漫風情想像的象徵，在心底的某個角落向來都有姿態美好的檳榔樹在微風中搖曳，植有檳榔樹的風景在我看來總是可喜且美麗，特別能觸動我的鄉情。而如今，檳榔已成為此地重要的收入來源。我鄉原本盛產番薯，甘蔗，香蕉，稻米，棗子，芒果，現在每年從三四月之交開始，農家即熱衷於採檳榔。春天有少數開早花的菁仔可採，五六月即進入盛產期，可一直採收到九月。本地的盤商之間也頗有競爭，他們每天騎著摩托車穿街走巷，探尋貨源。農家自然也比較各行口收購的價格，縱使一斤僅五元十元的差別，也要互相走告。

滿嘴檳榔紅汁的盤商夾雜三字經大聲叫嚷著，與農家呼來唬去談好價格，他便先剖菁仔分級，細分為白肉(最好的)、紅肉(比較老)、尖仔和口感不佳的「哈拉籽」，價錢也以幾何級數大幅下滑。檳榔的價格也和其他農產品一樣總是暴起暴跌，我所知道曾經最好的價格是一斤可賣到八百元，那就像意外中了樂透彩一樣，極稀奇而令人歡喜的短暫片刻。現在一般的價格一斤僅一百二十元左右，有時也跌到八十元，同樣是「菜金菜土」的宿命。

剪檳榔是近幾年回鄉時愉快的經驗之一。一家老小圍坐著，有時鄰人空閒，便也坐下來幫忙，也是一段農家好風景。若是堂嬸剛好也過來，那就像一下子多了三五個人，聲浪的碰撞更加翻騰熱鬧了。剪刀喀喀喀不停的響聲中，堂嬸說話音量宏大，跌宕有致，談說著鄉里的各種奇聞傳說，沒有抽象語言，不是宏大敍事，在在都是具體事實與細節，從庄頭到庄尾的大小事項，也就大略有所聞了。一身浸在汗水中，聽著直白的話語，熟悉的鄉音，說著本鄉生活的點點滴滴和人情世事，圓滿的，不堪的，頹敗的，庸常的，無非是日常瑣碎的事物，家庭的興旺或沒落的事例，讓我有真正回到家鄉的感覺。

我常常覺得，就是在這樣的農事勞動中，才是生活的真實。年輕時候，對於農作常常感到單調乏味，粗重辛苦，雖然我充其量只是一個「腳手」，在農忙最需要人力時做個幫手。然而，農家年年做著這些粗重辛苦的工作，日日過著看似單調乏味的生活，胼手胝足拚得一家溫飽，一分耕耘一分收穫，沒有僥倖，毫無取巧的可能。浮沉於職場多年之後，每每在我回到家鄉，閱讀他們勤奮的身影，褐黑的臉孔，聽他們談桑話麻，便再次明白自己生活的蒼白，腳步虛浮，像一株細弱的植物。往往幾日的鄉間生活，我彷彿進行了光合作用，於是有如蓄滿電力的電池帶著飽滿元氣回到都市繼續打拚。父母親在田地中勞作的身影，一直強有力提醒我不能消沉不可自棄。

屏東氣候炎熱，一棵檳榔樹一年可生長七至八片葉子，開七、八葩花穗，但農家通常只留五至六葩。入夏後隨著氣溫升高而快速成長，以致後期採收的檳榔纖維多，也賣不到好價錢。在採割檳榔之前，要先分辨檳榔是否夠成熟，檳榔菁仔高高掛樹上，現在父親眼力不濟，需由大哥或姐夫先行巡看並做下記號。幾分地的檳榔園走一趟下來，也已一身汗水淋漓。

清早，父親帶著有伸縮桿的割菁仔刀依有記號的樹身割下檳榔梗，並以雙手承接，總是鳥屎毛蟲和有重量的熱氣抱滿懷，以免菁仔粒受損或掉落。早先有一首歌〈採檳榔〉，「高高的樹上結檳榔　誰先爬上誰先嘗」，唱的是小伙子爬上樹去採檳榔。更早的年代在栽種時，樹與樹的間距比較小，以便採檳榔時可以爬上樹稍，抓著溼潤青嫩的長葉，猴子一般藉以一樹爬（盪）過一樹。這情景以歌謠唱來別具風情，事實上若錯抓了乾枯的葉子，從二三層樓高的樹端摔下來，那可就不是好玩的事了。三十年前，父母親午夜時還在田中的蠶仔寮舖桑葉，時常看見遠處有鬼鬼祟祟的燈火在閃爍，那是有人打著手電筒偷割檳榔。回家時去通知人家，待他們趕到園中，宵小卻已滿載檳榔逃之夭夭了。那些年，也有農人夜宿檳榔園看顧，竟也因此與小偷衝突而發生命案。

即使是坐在屋簷的陰影裡幫忙剪檳榔，半天的風日下，到晚上洗澡後我才發現雙臂紅吱吱，像一節烤熟的香腸一般。日頭的荼毒，農家深知，因此認為不受風吹日曬雨淋的工作便是好的幸運的，他們都希望子女從事公教，要不就是坐辦公室吹冷氣。再說，耕作的付出與收穫往往不成比例，現下幾乎沒有人會鼓勵子弟留在鄉村從事農業了。或有從都市回到鄉間者，多半也必需承受鄉民猜疑「都市的失敗者」的眼光。眼前熟識的鄉親，從事農業者大約年齡都已超過六十五歲，父親是最高齡，八十三。

由於農村欠缺年輕勞動力，近二十年來鄉裡的水稻田終於被一片片檳榔園所取代，老農為省卻每年翻耕的辛苦，避免颱風來襲時的大損失，栽種檳榔也是不得不然的選擇了。於是水牛不知在多少年前就從牛稠消失，牛車也閒置在稻埕上任其日曬風化。哺檳榔的歷史由來已久，記憶中，排灣、魯凱族原住民和阿祖和祖母那一輩多有婦人嚼檳榔；在《紅樓夢》中賈寶玉身上常帶著檳榔荷包，襲人無事便拿著針線綉檳榔包，賈璉耍賴搭訕尤二姐也討檳榔吃。檳榔樹生長在南方，熱帶地區，山邊海角，無善無惡，靜靜立在陽光中。檳榔原是一種藥用植物，其萃取物已證實有抗抑鬱的效果，嶺南人以檳榔代茶禦瘴氣，檳榔鹼也曾經用來治療寄生蟲，但也可能致癌。在國內生產的淡季，也以藥材名義自泰國進口檳榔。實際上，現在鄉民中吃檳榔的並不多見，若有，也因著浪費金錢和那一嘴黑牙紅唇一地亂吐的檳榔紅汁，而備受訾罵輕蔑，常常要被貼上流氓惡棍游手好閒者的標籤。

對於檳榔的種植，政府採取不輔導不鼓勵不禁止的政策，但是人們趨利就像植物趨光一樣，當大家年年在躊躇著不知種什麼才好而苦惱時，種檳榔看似省事的誘惑，恐怕大過栽種其他作物的賭注吧。檳榔樹定植後二三年即開始開花結果，能存活二三十年以上。雖說省去了每年每季翻耕的辛苦，在收成之後仍然需要噴灑農藥防治紅蜘蛛、吊丁蟲等病蟲害，秋季要犁溝施基肥，和經常性地施以化學肥料，這些工作老農尚能應付。

在廣闊無人的田園中，父親獨自踽踽巡檳榔，割香蕉，施肥除草鋤地，一生勤勞。近二三十年來農村與農作雖然大有變化，他仍然依著習慣日出而作，目不旁視，帶著與人無爭無涉自在自適的神氣，彷彿也是田園中的一景，靜靜在陽光中行走活動著。日本時代日本政府在臺徵募「少年工」，父親因祖母反對而未能成行，曾經讀到公學校高等科二年，因家中缺人手，十四歲便輟學開始了農夫生涯。一輩子就住在這座老宅，耕種著幾塊田地，像被農事抽著團團轉的陀螺，不曾停息，也不曾遠離這片土地。我小時候家裡沒有任何書籍讀物，要說到文字那就是每年一本的農民曆和牆壁上貼著的春牛圖，父親常常站在牆前查看那上面細細密密的小字，彷彿明白了什麼，不驚不疑，便出門駕上牛車下田去了。農夫依循十二月令二十四節氣種植生息，對土地與農作物的知識與經驗，是他們畢生在土地上扎扎實實一步一腳印踩踏實踐出來的，宛如一部農學百科。

田地上萬物生長，井然有序收拾整齊，粗獷中有細緻，自有一份田園野趣的美，看著實在教人感動。在我十幾歲時，父親開始在田壠邊界初種檳榔樹，大約長得比我高出一些，第一次開花，黃嫩嫩的花穗我把它想像成印第安酋長的頭冠，便摘下來把玩。父親見了，不無惋惜地說：你給挽落來，伊就不結檳榔菁仔囉。是喔（啊，我是笨蛋）。年年，父親在看見檳榔吐出新鮮的花穗時，會停步抬頭欣賞嗎？聞到雨中檳榔花的氣味，會勾起他欣喜的記憶還是一些些哀傷？我猜想父親只是平靜地看著嗅聞著，因為天地有信而感到篤定與安寧吧。

雖過著篤定與安寧的鄉村生活，農家也努力利用檳榔尚未成樹時，在株間種植蔬菜或萬年青黃梔或香蕉以貼補收入。勤勞，永遠是農人最高的生活態度。他們在勞動與收穫之中得到生之喜悅，即使到了晚年，農人對於農事仍然不曾放手，因著習慣，因著顏面與尊嚴，他們關心的是田地不能任其拋荒，總要種點什麼才能安心，彷彿田地的肥瘠即等同於他們生命的豐美與枯朽。但是，父親老了，母親也老了，天地都老了。

在鄉村，有時見到灰白頭髮枯瘦臉頰的老人家閒坐在家門口，混濁的眼睛空洞無神，茫茫然望著街路。在他們日日老化的身體裡藏著一份不那麼安寧且無告的哀傷，彷彿只在等待時間的經過流逝，那神情讓人感到悚然和痛惜。或許老人也並不願意只是無聊地呆坐，有人可以說說話或一起剪檳榔或蒔弄花草的時候，他們的臉色更顯得平和。我常常在想，老人在嚐到歲月的苦澀，而生活尚有餘裕之時，還有其他人生追求的可能否，人究竟要如何來度過老年生活才稱得上美好的ending呢？當我嘗試以時下的老人學，生死學來思考農村老人的休閒、娛樂和保健的問題，我不免要懷疑那是我輩一廂情願的想法，甚至是中產上班族自我中心的時尚。回到農村，看到老人們那麼執著於生存的努力，才會發現原來那些知識是無用與虛妄的。

與老人相處，最不需要就是無用與虛妄的知識和理論了。夜涼風露清，檳榔攤的霓虹燈還在巷路的一頭閃閃爍爍。當家人一同在門口埕乘涼時，話題依然討論著檳榔價格、施肥噴藥的田地桑麻諸事，單純而執著。一種鄉音，千般想頭，星星在夜空裡閃亮著，我體會著他們悲歡哀樂，也感受著從他們身上發散出來源源的生命力。這樣的夜晚，這樣的情景，不知已經延續了多少年月，而將依然繼續下去。

明日，仍舊有人採檳榔，有人陪著老人一起剪檳榔。

媽祖廟開廟門

終於，開路鼓緩緩接近家門口，天色也將暗了。

這兩日鞭炮和沖天炮爆響忽遠忽近，往往東邊忽有一聲炮響，西邊便有迴音，轟隆隆整個村庄為之沸騰，完全掩蓋了雀噪蟲嘶雞鳴狗吠的鄉村日常聲音。大鼓大鑼鎮日咚咚咚響，空氣猛烈顫動著，飽滿的豐年喜慶的氣勢滾滾而來。

鵠候多時，鼓聲，鞭炮聲愈來愈近了。小兒雀躍歡呼：來了，來了。守著香案的婦人老人們忙拿起香枝來拜拜，然後候在大門口睜大眼虔誠又欣欣然地等著看陣頭的熱鬧。

獅陣，神將陣，車鼓陣等等一一前來在香案前大略致意動作含糊應個卯便完事了，唯有電子音樂依然轟轟烈烈地響著。也有幾位老莊稼漢，黝黑乾瘦的臉上布滿汗珠，像是枯葉上的沾著雨露，映著LED七彩霓虹而顯得奇詭。瘦柴般的肢體，彷彿蘊藏著無窮的力氣，他們抬一座文轎踩著七星步，神像隨之左右前後劇烈晃動。老漢動作迅疾，領了紅包即快速往前移步。

足足兩日的遶境活動，遍走村中每一巷道，這裡是最後一段路程了。眾人已經累慘了吧，隊伍塞車的時候，陣頭的年青人要不就地躺下休息，要不便拿出椅子坐下來發愣。神像無神地停佇路邊似也困乏了，看熱鬧的人神色逐漸冷淡了。

遶境隊伍的最後無端出現一段「蛇足」，一位年輕媽媽帶著三個學齡前的小男生，兒童玩遊戲一般，挨家挨戶舞動小小的玩具獅子頭，大男孩熟練地向人索取紅包，眾人也不棄嫌，似乎反而覺得親切。而那母親也不敢僭越，緊跟在隊伍的最尾端，在她拿到小孩交上的紅包時，便取出銅板一一塞進孩子的後背包裡。

先前，父親早早就說了：九月初九，庄裡要大鬧熱，有閒就回來啊。媽祖廟整修二年了，如今竣工重新開廟門，為博父親歡心，我連連說好好好。

在我美好的舊日時光記憶裡，我鄉媽祖廟朝鳳宮每隔三年於農曆三月舉行祈福奉醮典禮。每逢迎媽祖的那一年，春節之後，鄉裡便開始各種陣頭的集訓。宋江陣，弄車鼓，踩高蹺，牛犁歌，弄獅弄龍的鼓聲咚咚嗆，哨音嗶嗶嗶，在鄉村安靜而暗黑的某處隱隱騷動著，也騷動著我們夜讀的耳朵，觸動我們的好奇，有一種懸想，有一些期待，那盛景彷如遼闊清寒的夜空上星光鑲金般繁華。

媽祖生當日，鄉民老早備好香燭金紙鞭炮以及牲禮，排列在家門口等候。牲禮的魚肉味道與鞭炮的濃烈硝煙味，幾乎成為記憶中媽祖生的關鍵字。當連串的鞭炮聲慢慢地愈來愈響，鑼鼓銅鈸夾雜著男人粗勇的吼聲震動著耳朵，神轎陣頭的隊伍近了。拿著香枝，一邊閃躲著鞭炮，一邊睜著被煙塵迷濛的雙眼，爭著從眾人身影的遮擋中望出去，從來看不清楚神轎與神像，卻有乩童在神轎上揮舞著長劍的驚奇。長長隊伍的陣頭中鮮黃艷綠色彩繽紛，宋江陣弄獅弄龍隊的力與美，牛犁歌弄車鼓的身段手姿，踩高蹺絕妙的技藝，公背婆老背少的趣味……，都不只是美好的回憶。

回來後，在一旁的堂弟說起初九凌晨在媽祖廟口安座的扮仙，跳鍾馗，有多精采有多好看。我沒趕上開廟門的盛會，當日下午去廟裡拜拜，果然裡外煥然一新，門神也由氣勢壯偉的武將改為美麗的宮娥，神案上諸神端坐，煙霧瀰漫中更顯出廟宇的富麗與深廣。香爐前的供品桌上，牲禮的魚肉停滿了如黑豆般大小的綠頭蒼蠅，如昔。來到廟埕，抬頭看廟簷上簇新的剪黏，紅綠參差，線條繁複。佇立路邊抬頭觀賞，鄉民卻好奇我在看什麼呢？阿公帶著孫子，婦人與兒女也停步探看廟宇飛簷，為孩子一一辨識龍鳳八仙，大家相視而笑。

廟頂祥鳥瑞獸的大紅大綠色彩，彷彿直接降臨凡間的戲臺，廟埕有布袋戲和歌仔戲同時競演，呼爹喊娘的哭調與金光閃閃霹靂啪啦，簡直就要直達天庭了，真不知道教人看哪一臺戲才好。

歌仔戲臺上，各角色的手勢唱腔臺步都草率，哀父叫母呼喊從鑼鈸嗩吶的縫隙中流洩出來，布袋戲打殺砍斬的聲光效果大於戲偶的演出，實在看不出劇情的所以然，乾脆看看戲棚跤的觀眾。戲棚跤觀眾零零落落，婦人們看著看著便轉身走了，小女孩倚著腳踏車看得認真，也有三五個外勞推了呆坐在輪椅上的老人，幾名壯漢坐在摩托車上，單腳撐著，雙臂抱胸，漠漠然彷彿看得入神了。他們曬得黑糖似的膚色，衣物穿在他們身上真正是人衣合一了，衣服或許是不知名的牌子或是菜市仔貨，或多或少有些汗漬，卻恰如其份地展現人的懶散，勤勉，拘謹或隨意，加上一頭散亂的灰白髮絲，他們的舉止樣貌實在遠比戲臺上更有戲。

我想起以前媽祖生大拜拜，在天氣乍熱的初夏季節，人人一身薄汗，街路上的熱與鬧之後，便是家中的熱與鬧。生疏的親戚，結巴的問候，笨拙的應對，忙亂的廚房，還有滿桌的熱氣氤氳。印象深刻的是炒米粉，拌著筍乾的烘肉和浮泛芹菜香的魚丸湯。在此起彼落的勸菜聲中，夾雜著廟埕熱鬧的鑼鼓和鞭炮聲，口耳都飽足了。

十八歲北上求學後就再也沒有見過迎媽祖，但是我常常會憶起我鄉媽祖廟埕。翻開記憶的暗黃冊頁後，慢慢浮出一個亮點，逐漸地一百燭光的燈泡在一根根竹竿的頂端亮起，人潮慢慢湧來，原本寬敞的廟埕擁擠著男女老少，在聚集了各種吃食日用品的流動攤販的市集上走動嬉遊。沈文程〈漂泊的蹉跎人〉和葉啟田〈素蘭小姐要出嫁〉的歌聲是當年的背景音樂，有時候我覺得那些歌是為在街上踅來踅去的男生唱的，唱得整條馬路既熱鬧又有些苦澀。那些年是姑媽的糕餅店最興旺的時期，初一十五的晚上擠滿了購買糕餅麵包和香燭的人。表姐與我同年，我們一起上女中，常在店裡生意稍歇時，一同去逛市集。我們一攤走過一攤，看婦人們討價還價的小把戲，要買不買的耍心機。

高中三年通勤，搭早上六點十分從媽祖廟前發出的早班學生專車。三三兩兩在廟埕各佔一隅，偶爾廟裡傳來嗩吶的樂音，有時是復興廣播電臺的古典音樂。如今再回想起來，在冬日青藍晨霧中，廟中昏黃溫暖的燈光，一群白衣黑裙和卡其色制服大盤帽身影，彷彿籠罩在一部懷舊的黑白老電影裡。大學聯考前，我們也是先去媽祖廟拜拜了才出發的。之後的幾年，姑媽的糕餅店沒落了，媽祖廟前兩棵老榕樹消失了，熟悉的小店和老人凋零，而我離家鄉也愈來愈遠了。

離開戲臺，廟埕的鑼鼓聲一直盤旋在我的腦海中，讓人覺得神明就在身邊的不遠處，是如此世俗而親近。媽祖更像是鄉民的心理醫生兼顧問，婆婆媽媽們最常去燒香拜拜，在香枝藍煙的薰繞中一臉認真嚴肅，兩眼直視前方，口中唸唸有詞。即便已有了定見，也要來燒個香，請求媽祖婆保庇掛保證。

遼闊的屏東平原上，每當颱風來襲，老人家總慶幸有大山母和媽祖廟讓眾人心靈有所依。從小聽慣了「風調雨順，五穀豐登，六畜興旺」的祈求，而今才明白那是多麼卑微而迫切的奢望。

來自鹽埔的電話

經常，還在睡夢中，電話鈴聲便像鬧鐘一樣響了。是母親打來的電話。「吃早頓了嗎？真晏了呢。」嗯，「昨日殺兩隻雞給你寄去，要緊煮來吃。阿你都怎麼煮？」就煮麻油雞，或者燉薑母。「燉蒜頭也不壞，有時要燉個四物給妹仔吃啦。」好，好……。

自從母親知道我不再上班之後，就常常不定時地打來電話。問問我正在做什麼？一一詢問阿妹和她爸的近況，免不了又要訓起老掉牙的生活準則來，要教妹仔不要太晚回家；臺北的物件都貴參參，要儉省一點……。嗯嗯嗯，我知，好啦，好啦。儀式一般的對話，掛上電話之後，彼此又可以安心地進行每日的日常。

母親每日清晨濛濛亮即起，比鳥雀還早，打開嘎吱響的木門，做了簡單的運動伸展手腳，便去巡看稻埕上的盆栽。將往日在農地上大片耕耘的心思轉移到眼前四十五X三十公分的一個個方盒中，栽種著海芙蓉，九層塔，或者A菜，花花草草。以她的意志力為肥料，享有豐沛的陽光和鳥語，株株植物綠意清新盎然，片片葉子都純淨無邪，似乎一點也不知曉老人已為向前衝去的時代所遺忘，在生活邊緣做著白日之夢的無力悲傷。

衰老飛奔而來，年歲讓身體四肢變成沉重枷鎖。自從關節炎的疼痛發作之後，母親彷彿繳了械一般，突然天天擁有一整日的時間，這是八十多年來的生活中不曾有過的空閒。在過往，她不看電視連續劇不會唱歌，也不曾有過休閒旅遊，更沒有我們所謂的興趣或嗜好的培養，全年無休除了大年初一。而如今的活動範圍只局限在眼前的曬稻埕，白天，父親下田，兄嫂上班去了，孫子們也都外出工作或求學，幾乎都是她一人在屋裡和埕前蹣跚走動，最讓她難以對付的恐怕是無事可做吧。看她跨越門檻時的艱難舉步，多走幾步路便要駝腰停下來。無人知道那身體正受著什麼樣的折磨？

即使瞌睡，母親就在籐椅上縮得像個布偶，只打個盹，通常並不上床睡午覺。熾烈的陽光曬著，屋前的路上連貓狗都懶得走動，鄉村的中晝沉寂得令人哀傷。等到日頭偏西了，母親起身又走到那些盆栽前撥弄一番。不知從哪裡來的苗種，也種了一棵結了紅色漿果的咖啡樹，母親曾經好奇摘下來吃看看，說那味道嚐起來酸微啊酸微。

母親也曾在電話中說：「那欉樹葡萄結許多果子熟了，甜的，厝鳥仔先吃去了；桂花現在開得真香，聞起來心情真好，你有種桂花無？」有時加一句：「啊你更過多久才會回來？」這句問話，有如遠遠拋過來的絲線，纏在心頭，母親在那頭緩緩收線。

往往，放下電話後，狠狠告訴自己以後一定要記得要常打電話回家。前些年，因故二三年就搬家，電話號碼一個換過一個，常常因為忙而忘了打電話回家問候。總是在接到母親電話時，才又懊惱自己的疏忽。不知道母親是如何摸索著篩選一組又一組新號碼，然後在忙完一天農事的晚間打來電話，就為了問幾句「吃飽未？會冷嗎？」

現在，或許她只是要找個人說說話。有時候早上八點多就來電話。「吃飽未？」吃過了。「伊們還在睡嗎？」無啊，去上班了。「幾點去的？」八點。「哦這樣子。啊都幾點下班？」六點。……電話中母親總是急切地問東問西，好像每個人都有什麼事讓她擔心一樣。

不慣於訴苦身體疼痛，母親並不自憐自艾，凡事儘可能自立自強。帶她去看醫生時，在房裡摸摸索索找錢包半天不出來，我說：我們帶你出門你敢需要帶錢包？她想想也覺得好笑，笑說帶著較安心。曾經問她每日都還忙些什麼，她說：「阿就早起澆一澆水，要不坐著唸唸佛號，厝邊的滿英，菊枝她們帶小孫子過來聊聊天，無事就坐這裡看人啊。日頭短短，一下子天光，一下子天暗，一天就過了。」她們在門口埕閒說著什麼物件都起價，只咱的農作物賣無錢；現在連沙拉油都有毒，真不知道要吃什麼才好咧。於是母親又急急警告，少吃外面的東西：「寄去的雞肉吃完了未？這陣更買一窩雞仔來養，到過年時就可以殺了。」的確，母親寄來的雞肉比臺北買的美味多了。

回娘家也常和母親閒坐，她眼力好，從客廳望出去，距離約五十公尺外經過巷路的人她都能認得出來。看到熟人路過，例如武丹嬸騎腳踏車，或是住庄尾騎著電動車四處逛的朋友，她便大聲呼喚：進來坐喔。我說：你目睭這麼精，人在那麼遠還認得。我不免想到自己眼睛深度近視又老花嚴重，每每為尋找適宜閱讀的光線和舒服的位置，坐遍屋裡各個角落，兩副眼鏡互換著戴，始終不能安定下來。

就像母親熱愛勞動的心困在因關節炎而疼痛的身體裡，我每日四體不勤困守電腦螢幕前，不也是另一種形式的局限。因著眼睛的疲累，我停下工作，環視客廳，電視櫃，櫥櫃裡花瓶酒瓶獎座小骨董，沙發椅，靠墊，小茶几，書架，一排排的書冊，這麼熟悉。這些東西曾經或多或少在不知不覺中形塑了我的生活。現在屋裡靜極了，讓我感受到某些不同的東西，和時間的靜止。偶爾傳來車聲和樓上人家走動的腳步聲，地板上的陽光仍在移動，時間是不曾靜止的，只是我停滯不前。是我靜止在這種狀態中，忽然才警覺到此時的我也進入了所謂的「空巢期」。

這間生活了多年的屋子，現在只有我一人，一個平常有陽光的下午，如常地又有一陣香煙的味道飄進屋裡。此時此刻不知有多少家庭主婦和我一樣正在家裡，她們都怎樣過日子的呢？我也像母親一樣一直維持著忙碌，基本的紀律，以最快的方式做完家事，就可以有完整的時間讀書寫字。

母親即使肢體不自由，仍勉強做著種種小工作。日常她喜歡收拾東西，帶著幾乎潔癖的習性把家裡用過的紙盒，塑膠袋報紙之類的什物整齊收納，或是將父親的各類刀具小鋤頭剪子等等農具一一排列在固定的位置。那些農具或是鈍了，或是生鏽了，有些脫柄了，母親像在清點昔日戰友的殘骸，讓它們看起來有榮光有尊嚴。也為了做這些瑣事，母親常常彎著腰，漸漸地腰也直挺不起來，於是每天就這樣佝僂著慢慢移步，這裡摸摸那邊弄弄，做著那些可做可不做的事。有時勉強踱到埕尾那間由豬稠改成的倉庫，搓搓摸摸風鼓犁耙米蘿車箕，撣掉一些些灰塵，指尖所碰觸之處看來皆充滿感情。牛車雖然部分腐朽了，但那具牛軛依然發亮，像才剛從牛背上卸下來一般溫潤。

多年不再下田了，母親的臉色依然是太陽溫潤過的紅銅膚色，但上半身像一片又乾又扁的硬木板，手臂上的皮膚薄得像乾燥的蟬翼，彷彿一搓揉就會破碎。但手掌和腳底厚重的老繭依然沒有褪去，像是保護層，維護著皮下鮮活柔軟的血肉。

也許，太多的空閒和衰弱的體力，想必在母親內心逐漸形成一個空洞的巢穴，積澱著老年苦澀的滋味，和每日有所局限的生活。她曾以幾近哀求的口脗說：若可以到田裡巡巡看看做點事情該有多好啊。

一次，電話中母親第一千零一次提到：「阿你焉怎不再去上班，有閒再寫就好啊……。」我頓時失去耐性，脫口就說現在我很忙，你不要再說這個了。掛掉電話，之後是我難以排遣的火氣和無盡的悔恨。我最不願意的是自己用這種口氣和母親說話，這讓我想起小時候頂撞母親時她憂傷的神情，那已經不是我所能夠承受的眼神。

接連幾日，電話靜默。

這靜默，綿延四百公里，給予我整座島嶼的重量。

從匱乏艱辛的時代走過來的母親難以理解現代工作的多元化，認為只有固定坐在辦公室裡工作才是正道，以為不去打卡上班便要挨餓了。母親總是在想像著虛構著災難，貧窮和飢餓，天底下似乎沒有比「無頭路」更可怕的事了。子女各有著她陌生且無法插手的生活，也只能一再叮嚀她奉行了一輩子的信念。

然而，我也不免懷疑自己，我到底在做什麼呢？有時難免懷疑自己的決定是否像「飛蛾撲火」一樣徒勞，每天面對電腦寫稿，有時寫了一些句子，有時什麼也沒有寫，只是呆望著時間從窗口一步一步移走。這種工作方式的確和農家栽種有時收穫有時的型態很不同，也完全不符合經濟效益。我所投入的是一個時而讓自己感到氣餒卻又充滿力量與希望的領域。但我也執拗地想，不管，這就是我想要的，我就要過我想要的生活。

有時出門，回家後查看未接電話，來電顯示有來自鹽埔的電話。不久，電話又響了。母親問剛才有無打電話回家，說現在腳頭壞走路慢，常常等她走到電話旁就剛好切掉了，這陣日頭短，五點多天就暗濛濛了，若出門要早點回家啊。有時又因耳背，我得對著聽筒喊話。現在我學乖了，以簡答省得一一解釋的麻煩。

今天早上九點二分，母親來電話。「這幾天你哪無打電話轉來，在無閒啊？」哦，嘿啊。「臺北會冷未？」這兩天較燒熱，屏東呢？「今日烏陰烏陰顛倒寒也，好啦，你在無閒，說這樣就好。」電話掛斷。

補冬與消暑

小時候的冬夜裡，往往在睡夢中被母親叫醒，喝雞湯或吃龍眼米糕飯。

那些年的冬天，可比現在冷得多了，半夜裡誰也不願意爬出被窩。於是，五燭光的昏暗中，父親和我們兄弟姐妹撩起蚊帳，一個個趴臥在通鋪的被窩裡，探起頭勉強伸出手來接燉熬得黑麻麻的阿膠雞湯。

雞湯濃稠烏亮，更勝凍在冬夜裡的黑，在那黑裡浮著燒燙燙的老米酒濃烈的香，酒香中又內蘊涵融著中藥材當歸、黃耆、八珍等等的醇厚氣味。朦朧睡意中我對著碗吹氣，一口一口喝著稍苦帶有回甘的雞湯，一股熱流逐漸逐漸在身體裡流行。喝完用手背抹一抹嘴巴，一肚子的滿足，酒力烘著更濃的睡意，熱呼呼的身體退回暖烘烘的被窩裡，意識緩緩滑入夢境繼續酣睡，連靈魂深處都得到了滿足。

常常，有走賣的客家婦人來村子裡兜售龍眼乾、高麗蔘阿膠等等的貴重補品。我還記得她乾淨的藍布大襟衫和散發桂花香的髮髻，阿嬤、母親與她天南地北說些奇聞趣事，東家長西家短，然後買包龍眼乾或切幾片高麗蔘收藏起來備用，同時也為家裡幾位叔叔說了媒。在那個任何物資都顯得珍貴的年代，農村裡的零食可比冬季隘寮溪水那般稀少，而我們的食慾卻像跳蚤那樣充滿生命力。阿嬤都說囝仔人的嘴巴就像萬底深坑，永遠填不滿。知道家裡有了龍眼乾之後，我便常望著從天窗洩下的陽光中上下飄動的浮塵，尋思母親可能藏放龍眼乾的地方。幾次都在大日曆紙的背後找到，於是我每每站上板凳偷偷掰下一小塊含在嘴裡，啊，那龍眼烘乾後濃濃的香和甜，讓人要立志下次一定當個好小孩。但先要小心不能讓母親看出龍眼乾有減少的樣子，這個秘密也不能告訴弟弟，幸好始終沒讓母親發現。

也是在冬天的夜晚，糯米的甜膩摻和著米酒加龍眼乾拌上白砂糖，那一碗米糕的力道味道，足以抵擋一道道南下的寒流。

當年，總疑問為什麼要在冬天的半夜裡喝雞湯吃米糕，直到長大之後我才明白，母親是要忙到入夜以後，才得空料理這些正餐以外的食物。我想像著在歲末寒冬的夜晚，廚房裡一盞暖黃的燈泡下，就像現在常見的懷舊電影場景一般，瘦削而疲勞的母親獨自在大灶邊剁開雞肉，起火，燒柴，斟酌食材藥材的份量。然後，等待，直到熬煮出她滿意的味道。在大家都睡下的時間裡，母親攪動那一鍋黑沉沉的雞湯、拌著龍眼米糕，或許也是她攪動自己想望的時刻吧。但我並沒有因此如母親的理想長得高大壯碩，很顯然是辜負了她的一片苦心。

母親以她所有的健康常識，強力約束我們日常的吃食，比如，不可吃酸菜或辣椒，更不准吃冰。在屏東，不吃冰何以消暑？盛夏溽暑，人人需要一盤剉冰，就像土地需要一陣午後的西北雨一樣。

在我家路口的黃槿樹下有一爿剉冰店，以茅草土埆築成四面通風的棚子。冰店還兼賣水果和各色柑仔糖豬耳朵酸梅之類的零食，小時候總覺這一塊小地方特別涼爽又豐富，而流連不去。正午日頭正當火烈，曬得焦黑的老歲人搧著斗笠走到樹蔭下納涼，免不了要啐罵幾聲：「幹，這日頭有夠焰，實在熱到走無路。」剉冰人聞言走過來笑嘻嘻招呼：「來吃涼的啊。」老歲人緩步走進棚內隨意坐下與剉冰人的老母親說起話來，剉冰人便駝著他高聳的圓背，不疾不徐掀開我們頗為好奇的藏寶盒一般大大的鋁箱。

冰塊是存放在一個大形鋁製方箱裡，覆蓋著稻殼，有客人來時剉冰人抱出冰塊以清水沖掉沾在冰塊上稻殼，再放到剉冰機上，客人一一點了配料，配料有黑的仙草、白的米篩目，紅的蜜豆黃的豆簽幾樣，我們圍著看剉冰人奮力一圈一圈搖著剉冰機，白色冰花一層一層慢慢堆高，尖得像一座覆蓋著白雪的山，心裡不免暗暗叫著再來一點再來一點，我們還呆望著剉冰機時，剉冰人朝我們笑了笑，淋上自家熬煮的糖漿後送到座位上，還有人不死心又去抓一把剉冰機下的冰屑。含一口冰順著喉嚨滑下，你幾乎可以感覺到食道一寸一寸滋滋歡呼著，就像雨點打在苦熱的地表上冒起一縷縷煙塵一般，很純粹的清涼，無端的快樂。

吃冰的快樂，母親難道會不知曉？但是她三申又五令：不可吃冰！不可吃冰！不管春夏秋冬，母親一而再再而三重申這道禁令，彷彿冰是個惡毒碰不得的怪獸，並以她的親身經驗和老阿嬤代代相傳的說法警惕我們。然而，夏天吃冰實在是抵抗不住的誘惑，偷偷吃又使得吃冰更添一層樂趣。偶爾，母親在農作收穫時為犒賞大家會煮個綠豆湯或糖水加米篩目、仙草，清爽的味道，單純的滋味，但只能解饞並不解熱。

一個酷熱夏日，當仙草冰在我嘴裡滑溜與舌尖嬉遊時，我抬頭看看天上像棉花一般厚重的白雲團，樹下落了一地的黃槿花，再看看一旁邊搧著斗笠邊呷冰的老歲人，想起還在烈日下工作的母親，想起冬夜的雞湯米糕，和櫥櫃裡的魚肝油胖維他。忽然生起一股對母親的歉意，我想以後真的應當要做個好小孩了。因此，逐漸逐漸地我遠離了吃冰的樂趣。

野炊

父母都還年輕時，農忙季，為了節省家裡和田地之間的往返時間，母親會準備一些食材和器具，午間就在田裡煮鹹稀飯果腹。

中晝時分，通常是父親先停下手邊的工作，帶著錫鍋快步走老遠的路去抽水幫浦處洗米洗菜，並拿回乾淨的一鍋水。父親的身影如出狩的獵人，我們更像快活的小獵犬，奔忙於田壠上，在遍地藿香薊牛筋草含羞草豬母奶昭和草之中，尋摘開著小白花俗稱黑甜仔的龍葵，若有圓滾滾的紫黑果實，在這種時候是比什麼都好吃的了；吃了甜頭，我們更有勁頭去撿拾乾枯的蕉葉、樹葉樹枝。

在可遮蔭的苦楝樹下，等父親隨地撿來石塊泥塊，輕易就造好一口灶，安上錫鍋，便可以起火了。這時候的父親像和我們玩焢土窯一樣，逸出繁重單調的農事常規難得輕鬆，蹲在灶旁起火，嘴邊叨著香煙默默地吐出煙圈，他的眼睛讓新樂園的煙和柴煙燻得迷迷濛濛的，要比電影海報上的美國西部牛仔好看幾倍哩。

平日父親並不下廚，母親不放心，便放下工作趕過來問父親，手有沒有洗乾淨、青菜有沒有多洗幾次，米有沒有……。母親在飲食衛生上的小心，一向是毫釐不讓的，我想此時她的顧慮必然和灶中的柴薪一樣嗶嗶剝剝炸響。父親不耐煩了，有時不理會母親的囉嗦，有時便生起氣來啐罵幾句，像午後在遠處悶響的雷。這時候，父親像是那遮蔭的大樹，母親的嘮叨則是使人疲倦，人人都想躲閃的驕陽。唉，我們也聽慣了他們日常的拌嘴，只好裝聾子做啞巴耐心留意著灶上的野炊。

灶上的錫鍋，滾沸著我們所有的念想，火光在太陽底下稀薄地搖晃，煙霧也在催促著湯水的翻動，閃亮的火星和我們臉上的汗珠以同樣的速度跌落下來。等到米粒煮化了，再放入小魚干和現採的菜豆、白菜、烏甜仔等菜蔬，灑上鹽巴調味，或許還糝雜了一些灰塵和沙土，一鍋單純野味的鹹稀飯就完成了。

也許是餓了，也許是忙著吹涼熱騰騰的稀飯，母親也不再嘮叨了。灶坑還冒出微微的青煙，一時間大家圍著鍋子，或蹲或盤腿席地而坐，只聽得喝稀飯的嘴裡希里呼魯聲，一時無話。一碗又一碗，啊，人間美味。最教人不能忘懷的是烏甜仔，吃起來苦甘苦甘的，滋味在喉嚨裡纏綿不去，像伴著父親煮食的小小快樂，夾雜著對母親小小的埋怨。在我回味著鹹稀飯的餘香時，父母親早已站起來繼續勞作了。

現在，母親常常說起從前的種種，那個年代農地還未被農藥和化肥敗壞，有時候田邊四周沒有水，連稻田水窪裡的水也舀起來煮飯哩，並無聽說有人吃壞腹肚，如今這時陣啊，人怎麼會有這麼多奇奇怪怪的病？

午後雷陣雨

起初，陣雨傾潑下來。我在午睡的怔忡裡，聽見急雨打在瓦片上，打在水泥地的聲音。聲聲悶雷自遠方滾滾而來。再不久，聽見了腳步聲，紗門咿咿呀呀，擺置遮雨板的聲音。

依稀有人在按撥電話，腳步聲來來回回，破碎模糊，彷彿在有無之間。陣雨沛然而下。雷聲霹靂。我愀然坐起，在屋裡走了一遭，昏暗裡只見桌椅靜靜空著，空氣中已有了潮意，屋外大雨依舊下著，幾乎飛濺到屋內。正是我熟悉的孤單得要死的夏日午後。

大哥瞪著大眼從他房裡走來，生氣地念著：你看，雨下這麼大，兩人現在不知在什麼所在？打手機也沒接，不知有去躲雨無？叫伊莫去就偏偏要去，你看你看，雨下得這麼大陣，又沒回來。

說著又繼續按撥手上的電話，四處探詢。夏季的雷霆特別凶惡，自天外瞬間爆開令人驚駭；大哥的壞脾氣此時也像雷霆一樣，迫使我面對再也無可迴避的事實。父母親都老了，對於老人的固執，老人的憨拙，想必病中的大哥也感到不勝負荷吧。

長久以來，第一次聽到大哥的埋怨：母親無止盡的旋旋念，過分的省儉，與父親不停止的口角，不能遏止的要去巡田勞動的欲望；父親輕忽健康，晚上有人邀約玩牌他就去，天氣這麼熱要他中午早點回家休息也不聽勸。諸如此類，等等的生活瑣事。二老堅持他們舊有的生活習慣，彷彿不知已到了老年。父親，八十歲的老農，興致勃勃認為現在世界上正缺糧食，稻米應該可以賣得好價錢，所以今年又開始插秧種稻。播種後，母親則時時掛心秧苗，便常常要跟隨父親去巡看。我曾問母親：你去巡田若遇上下西北雨，躲得及嗎？母親輕鬆答道：我都在寮仔邊走動而已，躲雨來得及啦。

雨勢稍歇，住村外的堂嬸也騎了摩托車趕來關心探問。不久，父親終於駕車回來。原來他們載早上摘的檳榔交給中盤商之後，又彎去豬舍，整理了一些舊物帶回來。不過是些沾染灰塵，附著蛛網原本要給豬仔取暖的舊衣物，舊工具，塑膠杯盤，大哥說直接讓垃圾車載走就好，母親卻執拗要一一分類。兩人竟因意見不合而拉扯起來，嚇得埕前的燕子麻雀也噤聲各自聚在電線和牆頭上。母親像要對抗大哥的強勢似地，以不可欺的衰弱，堅持，沉默，緩慢，在溼漉漉的大埕上來來回回，將一樣一樣物件放到她認為應該放置的地方。母親嚴格遵守垃圾分類的原則，塑膠類，回收瓶罐各自一袋一袋，紙類折疊得整整齊齊，彷彿唯有這麼做才對得住這些使用過的物資。在她佝僂的身體裡，竟帶著如此堅定的價值觀和信念，絲毫不肯妥協。看著母親愈來愈彎趨向大地的身影在薄薄暮靄中步履艱難，宛如一個脆弱的剪影，我的心情也像被雨水浸泡得溼漉漉，有點冷涼，微微心痛，有些悲傷，我思索著無解的困惑，關於愛，老年，責任和情感表達。

我們一家人向來都不擅於表達情感，或者說不知道如何也非常羞澀於表達。那些深藏在內心的情感，我們以為如同農作物的根只需深深扎在土地裡，不必顯露於外。大哥在得知罹癌時，刻意隱瞞了二老。但是，大哥向銀行請了長假，作息飲食大幅改變，大量掉髮，嘔吐；弟弟和我異於往常頻頻返家，終於引起母親懷疑。她問大哥是怎麼回事，大哥支吾含糊沒有明說，母親也就沒有再問下去。直到大哥無法忍受父母天天不停的拌嘴爭吵，和母親無止盡的嘮叨，他才告知父親實情，並希望父親不要再和母親爭執了，晚上也不要出去玩牌。父親聽了只是低著頭什麼話也沒說，便回房了。父親的反應如此大概也讓大哥頗為愕然吧。之後，大哥要我向母親說明實情。

我問母親：你知大兄身體怎樣否？

母親道：我知啦。伊在做「電療化療」真艱苦。

母親悴萎坐在藤椅上微低著頭不再言語。

我頓時語塞。我想像著母親在大哥的同事朋友來訪時，靜靜坐在一旁聽他們說話，如何一次又一次努力推測，琢磨，整理，歸納，終於明白。並不懂得北京話的母親，在能夠明白確實說出「電療化療」四字之前，究竟經歷了什麼樣的猜疑，不安，憂愁，煎熬？也許曾經和父親暗自商量過，但向來無事不問，無事不操煩的母親，竟如此堅忍著，堅忍著她的猜疑，如常生活。也或許不是猜疑，是憂愁，卻不再發問也不提起，即便夜裡我就睡在她身邊。我訥訥地對母親說：那你就不要再黑白念，讓大兄靜養，身體才會快好起來。

一日夜晚，弟弟邀了大家前往山地門半山腰的餐廳晚餐。兩老為了夾菜的方式、是否用公筷的細故，又幾次大聲爭執起來。侄女低聲提醒他們是在外用餐，不要再吵了。山間忽然就下起了小雨，明顯有了寒意，暗黑的天邊卻掛著上弦月，星子，山下遠處燈火縱橫交錯，如斯美麗與哀愁。偶然間，我看見父親微指著置放在長方桌遠處的雞湯，小聲問母親喝雞湯了沒有。就如同平日，母親和大哥不時有言語上的衝突，說起話來大小聲對峙，隨即卻又輕聲細細談起別的事項。如果有神靈，自天上俯視人間這一切，也不禁要哂然吧。

母親逐漸在大哥面前收斂她慣習的旋旋念，然而習慣勞動的細胞依舊蠢蠢而動。

她早睡早起，黎明四五點便在廚房裡走動，有時開瓦斯爐準備煮粥。我可以理解打開瓦斯爐開關的那一響，在安靜的清晨直如一記驚雷，會驚起敏感多慮的大哥，他唯恐發生意外每每即翻身起床制止母親。我也可以想像兩人如何經過一番口舌拉鋸戰，連瓦斯爐也嘶嘶求饒了，而後母親又會踅去浴室洗衣。實在說來，父母一生除了工作工作工作，就不知道還能做什麼了，即使在老年也依然如此。老父親現在還有氣力種稻，割香蕉，對我們而言何嘗不是一件值得慶幸的事。父親的每件上衣都沾滿了香蕉奶的褐色痕跡，看那褐色線條奔馳的速度感，圓滴噴灑的力道，讓人不能不聯想到抽象表現繪畫。你很可以想像這位老農如何忘我快意揮動香蕉刀，任由香蕉奶潑灑在身上。

不下田工作，餘暇時除了閱報看電視，和鄰人親戚往來說說話之外，農村老人還能做什麼排遣呢？媽祖廟前的榕樹下，老早已經沒有老人聚集講古閒聊的餘地了。在晚年，他們的心靈也像水田一樣需要耕耘，灌溉吧。父親喜歡唱日本演歌，美空雲雀、北島三郎、小林旭、森進一、千昌夫，還有郭金發和葉啟田卡帶CD堆在床頭，弟弟也為父親架設了卡拉OK。晚間父親時常自己對著電視螢幕唱歌，但是演歌悲傷，滄桑，哀怨，老人家也不宜耽溺吧。

父親天性隨和，人人好，不與人爭，有一種缺少謀慮的樂天。去銀行辦事時，在行員的遊說下他辦了定期存款。大哥責怪道：家裡有三個人在銀行上班啊，也需要拉客戶做業績，你卻讓別人邀去做業績。有人打電話來邀約玩牌，所以父親經常吃過晚飯便出門去，有時深夜才回家。父親晚歸，大哥便難以入睡，甚至出門四處找人。

周日的夜裡，大哥如往常等父親回來，因屢屢規勸不聽，火上心頭便大聲數落父親：你好不容易才戒了煙，卻去賭場吸別人的二手煙；攝護腺腫大不可以常憋尿，你知否？睡不足會頭痛啊，一坐上牌桌就什麼都忘了……年歲這麼大了，敢有必要這樣？

一時之間恐怕父親也很難適應這樣的質問。父親從來只受母親的嘮叨與口角，並沒有人會這樣對他厲聲說話。他不是個會吵架的人，也不知如何面對這種情狀，一時猶如柵籠中的困獸焦灼地在客廳來回踱步，用力咳嗆，像在清喉嚨又像要辯解什麼。暗夜暴燥乾澀的空氣中，盛怒的大哥，疲困的老人，惶惶然不知如何是好的我，燈光為之黯澹，桌椅也浮動扭曲，形成一幅慘烈，失衡的局面。

局面如此慘烈，直教人心碎。父親的形象曾經顯得特別美好，他在農地的陽光下勞作的健康美好身影，長年在我的印象裡發光閃亮。老農昔日的健美，已隨流年老去，如今就像一把磨鈍了的鋤頭，折彎了的扁擔。長期的日曬，使他的四肢猶如鹽漬曬過的蘿蔔乾，一臉縱橫的紋路上佈滿老人斑，像過熟的香蕉皮。父親長年一言不發地耕田，播種，收穫，比諸水牛也無不及，他更不擅於將情感轉換為適切的舉動和語言。而我們依然不擅於表達情感，不會說綿軟親密的話語，無論如何都說不出口，卻常常有許多暴躁，粗礪的情緒，直接爆發，如夏日午後的響雷，驚嚇打擊彼此無辜的心。

被驚嚇打擊的心，受損的自尊，是一片龜裂的旱田。而我們是如此笨拙，羞澀於表達柔軟的心意，柔軟的心意彷彿是我們各自的秘密，在熄去一盞夜燈之後，隱藏在永恆的黑暗裡。

當陽光在黑暗中緩緩翻身，騷動，醒轉，老農的褲腳應已在田壠間為露水所濡溼了。生活一切如常運轉。母親在前埕的花樹間摸摸索索，衣物已晾曬在竹篙上，燕子若飛若停，麻雀閒散在埕上跳躍啄食。直到太陽接近中天時，父親回家來，滿身大汗，溼透的衫褲宛如一身抽象畫。他好像不記得曾發生過什麼，或者只是有過一場夜半驚嚇的大夢罷了。我要返回臺北了，父親說要開車載我去市區搭火車，大哥搶白道：你現在沒有駕照，又要駛那麼遠，我載伊去就好。父親一臉甚無意思地走開去。我想父親心裡可能不服氣地嘀咕：哼，我什麼車沒駛過，想當年，我可是開戰車去打八二三砲戰的呢。

臨出門前，午後晴豔的陽光下似乎曾飄過絲絲雨點，忽然有人驚呼：有彩虹耶。大家走出門來朝東看，如煙的大武山方向，天上出現一道彩虹，漸漸地在那道彩虹下面又出現另一道，不曾一見的兩道彩虹同時浮在天際。新奇，讚嘆之餘，我望了望頭頂上方的大片烏雲，心想：不知會不會又下起雷陣雨？

冬陽下

我靜坐在老家的庭中曬太陽，久違了三個月的陽光照在身上，感到溼氣蒸發如煙裊裊上升，那好像是花瓣在舒展，又像是綠葉在抽長，也像是種籽就要破土而出。身體裡千萬個細胞歡呼著：我愛太陽。

天空湛藍無雲，空氣極為乾淨，金黃色的光暉籠罩在冬日的屏東平原上。

我還清晰記得前幾日的臺北陰雨。太陽逸失了，天空因為水氣而顯得沉重且低垂，黑沉沉地壓迫著被雨困住的人們，放晴之日遙遙無期。午後，走過仁愛路黝黯的樟樹林蔭道，一整個天地溼淋淋，冰冷而詭異的靜默。前方高樓在溼冷濛濛的雨絲中，彷彿遠遠矗立在童話裡，在流淌著雨水的迷濛窗口透出的燈光猶如蒼白燭焰，卻彷彿是一種召喚，遙遠的召喚，讓人強烈想要回到有光有熱有溫度的地方。

暖陽下，推著嬰兒車的嬸嬸，騎電動車前來找母親的婦人，路過的武丹嬸圍攏過來。簡單的問候之後，便談起她們在意的生活心情，生氣煩惱擔憂一一在陽光下攤平陳列，彷彿可以談上一輩子，又忽然有個什麼事多了或少了一個人，談話隨時可以中斷。我從暖暖的白日夢中醒過來，聽了半日麻雀的吱喳，有時媽祖廟的廣播嗩吶突地響起。而婦人們的心事經過曝曬，恰如曬著的高麗菜乾，有一種熟成的味道。

這幾位八旬老婦，臉色也像高麗菜乾，是經過長期曝曬後的顏色，皺皺的，乾乾的，焦焦的，手指甲上還帶著黑泥，但那雙眼睛依然精亮，敏銳。因年紀和勞動而身量變形手腳粗糙，她們仍是一副安於生活的神情，說道今年雨水濟，種什麼都不好，皇帝豆爛去了，葉菜類也種不起來；顛倒是紅豆要收成了，葉子都還不掉落，還要噴除草藥才行，真害哩。

篤守農家的生活方式，她們曬著老太陽閒話家常互相取暖。她們的世界就這麼方圓幾里大小，這個世界卻是如此廣大如此新鮮，農事永遠有學不完的秘訣，永遠有新的話題。而我們常常掛在嘴邊的：休閒，夢想，做自己，愛自己，這樣的辭彙就像是外國語，並不曾存在她們勞動的生命中，更不存在她們日常的談話裡。她們多是二十歲不到就嫁作人婦，從此一輩子在此地種田，做小工，生兒育女，照顧第三代甚至第四代子孫；或許曾隨遊覽車到其他城市的廟宇去進香，或許也曾經去過東南亞的城市觀光，現在已到了只能在稻埕曬些蘿蔔乾高麗菜之類的年紀了，然而在陽光下她們的舉止緩慢而平和，依然閃爍著生命的釉色。

婦人們的話題如瓜果藤蔓四處攀緣，母親忽然說起灶腳邊還擺著四顆大冬瓜。說到冬瓜，眾人便要大力讚美表姐婆婆製作的蔭冬瓜。我亦曾經獲得幾瓶，那黃澄澄的蔭冬瓜，美得像一枚落日醃在玻璃瓶裡，浮著金黃的光暈，吃起來有點鹹有點甜，佐配稀飯美味可口極了。

近年，親家母因著腰骨痠痛，已無力氣和興致再做蔭冬瓜，表姐認為這手功夫任其失傳可惜了，便邀我一起向她婆婆學習。於是把她家和我家灶腳邊的冬瓜聚攏運到院子，親家母如常坐在庭中，日光下她一個口令，我們一個動作。先將幾個大冬瓜的表皮洗過，再以西瓜刀剖開去皮，切成小塊狀，去籽，留著內瓤。稱了冬瓜的總重量，然後計算鹽、糖和綠豉所需的比例（這就是多年的經驗最精華所在了）。

先用鹽巴醃上一夜，第二天早上擰乾冬瓜生出的鹽水。綠豉用清水洗過，加入糖、若干甘草和綠豉，拌勻，放在陽光下直到糖完全溶化再填入玻璃瓶，置於陰涼處，三兩個月後熟了，即可食。

在製作蔭冬瓜的過程中，有一兩位厝邊的阿婆踱過來好奇探看。聊著聊著也主動操作起來，所以每個步驟很快就完成，這看來自然輕易的動作，卻有深遠的習慣和經驗在裡面，不是五年十年的時間可以養成的。日光移動，在陰處也有一股寒意，籐椅便也隨著陽光挪移。她們每人身上或多或少都帶著一兩種病痛，骨質疏鬆，腰背痠痛，目睭矇霧，無牙齒哺土豆了，且繼續老去。

表姐和她先生從事國際貿易，一年裡有超過半年的時間在國外或飛機上奔忙。我難以想像親家母是怎樣操持家務，照顧中風的丈夫以及帶大管教四個孫子女。日前不慎跌倒，髖骨、腹部疼痛到去住院。表姐帶回朋友介紹的保健食品給婆婆服用，她覺得頗有效果，便也分給厝邊的老朋友。大家分食著買自加拿大的筋骨保健膠囊，談起來都感到疼痛彷彿減輕了。雖是高齡，親家母卻是維繫一個家庭如常轉動的軸心，陽光靜靜地照在她身上臉上，輕輕地深深地煥發著一種永恆的光色。

老人家在陽光底下攤曬著各人的痛與不痛，臉上的皺褶似也舒平了許多。她們不能理解孫子們整日對著電腦在玩些什麼，也看不順眼孫子們到半夜還不睡，白天不到日上三竿不起床，真正是「日時無半步，暗時全頭路」的頹廢。

陽光下老婦人絮絮叨叨的談話聲，和著簷下麻雀的吱吱喳喳，這樣的時間彷彿隨日光一寸寸在流動，也彷彿靜止在蔭冬瓜的玻璃瓶裡，日日在人的不察覺中發酵，熟成，終將成為記憶裡美麗溫暖的片刻。

颱風

颱風來臨前的天氣，總是一副壞脾氣的模樣。

大約都是在夏季，總有幾天悶熱得像被罰禁在蒸籠裡，悶得大家一同脾氣壞得不知要向誰發火，空地上蜻蜓金龜子飛得低低的，老人家抬頭看看天邊紅彤彤的晚霞預告著風颱警報，然後大家都知道接下來該準備些什麼了。颱風來臨是平靜的農村生活中最緊張的變奏。

然後我們在空氣中感受到有些微的風動，那風掃走了燥熱，像有什麼不一樣的事即將發生，先是欣喜愉快的期待。但我們也曉得需稍稍壓抑這種興奮，父母親還在田裡頂著風忙架竹竿，支撐著香蕉少倒幾棵。

就像在電影或電視劇裡的颱風夜景象，總是用水桶臉盆承接漏水，電燈一閃一滅，收音機斷斷續續播報著風速動態，四周發出乒乒乓乓碰撞聲，屋舍在狂嘯的風雨中飄搖。但在我印象中往往風聞颱風要來過不久便停電了。終於，風慢慢增強，搧得頭髮亂飛，衣服鼓膨起來，砂塵刺刺的打在裸露的手腳和臉上，野草左右匍匐顫慄著，有一點點可能飛起的感覺了，但這一點點幼稚的樂趣要小心隱藏，快快收拾放置在屋外的鍋瓶桶罐什物，關緊門窗。

一群孩童關在屋子裡，也無零食可吃，只能嬉鬧。我們躲在窗邊，聽著窗外的獵獵風聲，偶爾歪著頭偷偷抬起一點點窗子，又驚怕又探索的眼光，覷一眼飛矢般斜潑的雨勢，更真切地感受烈風在天地間呼呼嘶鳴，總想多知道一點颱風的樣子。但風雨中只見一片霧濛濛灰沉沉的傾斜天地，唯有鄰家圍籬的夾竹桃幾點桃紅，宛如風雨中顫慄的蝴蝶。屋子為阻擋強風暴雨，樑柱和屋瓦有時傳來疲憊喘氣的呻吟，強風在屋外逡巡，但家家戶戶門窗嚴閉，不得其門而入，因此更加狂飆起來。漸漸地大風颳得我們心中的恐懼膨脹起來，風大怒大力撲擊門窗和牆壁，四處傳來狂野放肆無規律的碰撞聲響，我感到神魂震動，彷彿也在天地之間飄蕩，毀滅的危機感步步逼近，聽說稻埕上的積水愈來愈高了。

門板和木框玻璃窗格格打顫，空氣中滲透著苦惱氛圍，叔公叔伯聚坐在大廳，有時談話有時沉默，有時輕微地清清喉嚨，煙絲縷縷滿臉繞轉，他們憂頭結面，擔心強風吹倒香蕉果樹豆棚瓜架，大水將沖壞田梗，不久前施過的肥料農藥也會因此無效。這樣的發愁和沉鬱只有農家才能明白，他們努力種作，但深刻知道能否收成也要看天意。

歷年來，颱風以南施瑪麗艾琳賽洛瑪露絲琳恩，或者葛樂禮韋恩賀伯莫拉克等等之名排隊先後來襲，彷彿異族入侵掠奪。總是一樣造成殘破，農人的寄望從香蕉葉木瓜樹上跌下來。颱風劈碎了作物的葉子，斫斷莖幹，毫不留情。記得曾經有一年，颱風過後家中幾分地的香蕉全數倒地，看得父親搖頭嘆息母親也不支在家休息一日。

颱風走後，處處留下它來過的痕跡。就像毀滅性的大洪水剛剛從大地退去，四處泥濘，一片荒廢。那是牛豬雞鴨貓狗閒走在路上的年代，渾濁的泥水自巷路滾滾奔騰而過，同時挾帶著牠們的糞便，甚至淹死的雞鴨載沉載浮，但人們仍然無畏或者無謂地捲起褲腳行走其間。水流過，人走過，過了一兩天水退了，路上慢慢地也恢復了原來的樣子。

通常，風雨大作的時間不超過一個日夜，但之後小村莊往往要三五天到一週不等電燈才會亮。夜間，燭火定定地燃著，燭芯彷彿也凝肅著注意窗外的動靜，偶有人走過，微弱的火光顫抖扭曲了一下，像被人打一拳彎下了腰，卻又馬上直立起來；有時，我們圍著燭火爭看誰不怕燙敢出手抓燭火。無電的鄉村夜晚，星月澄澈，初時巷路稻埕上總是喧鬧，手電筒或燭火搖晃著閒話與鄉野傳奇，總有一些劫後餘生的慶幸。大人叫，小兒跳，因為那一片比平時多出來的黑暗與閒暇，讓人也有些興奮與新奇。也因為沒電，鬧過之後大家早早便上床睡去。

天幕回復清新湛藍，薄雲絲絲，或是滿天不見一片雲。空氣中還是一片潮氣，人們拿著畚箕掃帚打掃庭院的爛泥落葉，收拾田野的殘局，天氣涼爽了一兩天便又傻呼呼熱起來，不久，樹木花草便又長出新葉，開出花朵。

颱風過而不留，都去了哪裡？彷彿消失在遙遠的虛空，留下一股宇宙的神秘氣味。人們嗅著這氣味，路上相遇便開始說颱風的壞話。

雨

在小學某一年的國語課本上，我讀到王維的「渭城朝雨浥輕塵，客舍青青柳色新」，詩句朗讀起來的聲調如同雨點落下的聲音。那時，雨極其緩慢地下著，把全村都浸泡在雨水裡，也將檳榔樹，芒果樹，龍眼樹的樹葉洗得青青發亮，但是我很難想像古典的柳色如何新，那酒，陽關和故人卻構築了與農村不一樣的故事。雨點仍然打在巨大的香蕉葉上，雨灑在後院雜草上簌簌的聲音，夜裡聽見雨落在瓦片上，綿綿密密包圍整個村落。

雨無日無夜簌簌不停下著，人們在屋裡發愁，稻埕塑膠帆布底下的穀子，恐怕蠢蠢地發芽了。雨下得更為緩慢更微小的時候，大人戴起斗笠去把帆布拉高透透氣，穀堆裡散出悶滯土騷的愁苦。墨灰憂鬱的天空下，他們忍受著看小小粒的稻穀長出白芽，臉色也像天空一樣。他們憂鬱地望向天空，只乞求天空趕快浮出太陽。而仲春梅雨季連綿的苦雨繼續下著。

到了夏末初秋，稻埕上曬著一畦一畦黃澄澄的稻穀，熱得發燙的正午往往忽然飄來一朵墨雲，說時遲那時快，閃電追趕著雨點霹靂啪啦落下來。搶收稻穀的呼聲，大小耙骨耙著、大掃把刷著水泥地，稻粒揚起了輕塵，汗珠和雨珠一齊落下，地氣蒸騰而上。人們駝著腰奮力猶如進行某種儀式，也是某種搏鬥，對抗著不可逆的天意。此時，連路過的人都要停下來幫忙，你若敢冷漠地走過去，以後恐要遭受村人的唾罵。隨後，便是整個天大的水盆打翻了似地急雨，如瀑如傾。這樣的西北雨或也諧稱「獅豹雨」，如獅子般凶猛，來得像豹一樣迅疾，似要撲殺鹿羊一般迅猛。

不曬稻穀的時候，埕上也時常有阿祖和阿嬤曬的筍乾、高麗菜和蘿蔔乾，要不也有竹篙上晾的衣物。一聽見有人喊落雨囉，或屋瓦上忽然嗶嗶啵啵，我總是一個箭步衝出屋外，在雨點吻溼乾物和衣服之前收拾進屋，大口喘著氣關閉洞開的窗子。

雨在窗外下著，常常，我在屋裡定下心來之後，久了多半也忘了雨在下著，忽然又想起外頭正下著大雨呢。帶著潮意的空氣裡，有了慌亂之後的安靜閒情，可以用來看閒書和詩詞。雨聲中特別適合朗讀詩句，那聲韻在日後變成一道記憶的痕跡，似乎預示著未來的某些時刻，我要特別懷念這樣有雨的氛圍。時至今日，乍聞雨點敲打玻璃窗的聲音，心中仍然湧出一些些牽掛，彷彿在遙遠的老家稻埕上還有尚未收拾的蘿蔔乾，衣物，和倚門張望的老人。

紅磚老瓦厝

走在我鄉，幾乎沒有例外，每一條路上都有幾間破落荒廢的房舍。

早年的農村，除了少數幾間草厝，大部分是ㄇ型磚瓦屋三合院，多數在埕尾一邊是煙樓，一邊是豬稠，沒有多餘的裝飾。正中是一片曬穀場，兩側也常置放稻草堆或柴薪草綑，多少農人的一生便在這樣的屋宅中度過。

慢悠悠的牛車，當年我曾經坐在車上顛簸路過一戶戶人家，看著家家的門口埕，首先是正廳門首大大的姓氏堂號，江夏堂是黃姓，潁川堂是陳姓，清河堂張家，隴西堂李家，太原堂是王家，這些都是和同學的名姓一一對照記下來的。屋舍再怎麼簡陋，那堂號也是金漆閃閃光亮，是紀念著遠古的輝煌也期望著發光的未來吧。再看下來是水槽邊有婦人洗衣，牛稠邊男人拿竹筒餵灌耕牛，小小孩在埕上玩耍，老阿嬤端著飯碗坐在矮凳上等著餵他們吃飯。即便門口埕無人，也有雞鴨四處走動留守著，堂號之下的五片「掛春」微微掀動。我便是這樣一家一戶的日常閑靜風景，一路看過來又看過去。

而最美麗且縈懷難忘的風景，是在冬日艷陽天，九重葛開得爛漫時，稻埕上晾曬棉被各色衣物，蘿蔔乾，高麗菜乾，紅豆，花生，柴薪，也曬著老人小孩和貓狗，阿公推著嬰兒車走在路上與人閒話。家常，活潑而恆久的印象。

但是這些美麗風景逐漸消失了，住過一代又一代人的房屋，也隨著人老去了，疲乏了，以至終於坍塌了。有些人家在門庭建了新屋，遮掩了老屋的舊門面。也有些老房子，人不在了，屋子也落寞了，久了也就成了廢墟。有些沒了屋頂像無牙老人癟癟的笑臉，或是大半傾圮，只留下敗落的牆壁輪廓，像殘餘的骨架，仍然站立著。人們走過，並不喟嘆或者談論，彷彿那是必然而日常的存在。

的確，日常即存在著必然的衰敗。

頹牆內坍塌的磚頭與泥塊相互堆疊。木材濃重的腐朽霉氣，馬陸左右晃盪，蟑螂螞蟻忙著沿牆角疾行，種種昆蟲們在此營造家園。

動物糞便的臭，潘汁的臭酸味，還有教人不禁掩鼻的怪味道四處飄揚。不爛的塑膠垃圾積澱著濃黑的厚塵。蜘蛛在結網。沒有抽屜的桌子佈滿長長短短的裂痕。

屋旁的芒果樹強壯地開滿了黃花穗。楊桃樹下溢滿黃熟的楊桃果香和落果發酵的酸味，黃蜂和果蠅飽食之後嗡嗡營營緩慢而優雅地盤飛。

老黑狗趴伏地上，也懶得動一動，像是在想著一隻狗該想的事情，憂傷的兩眼有著歲月的秘密。麻雀和白頭翁在屋簷間喧鬧，聽來卻更顯得空寂荒涼。

紅磚的紅，灰泥的灰，紅灰兩色的老屋半壁牆面生長著牽牛花和不知名的爬藤植物，或鮮綠或枯褐地攀附著凋敝，生命與枯亡和諧地並存，存在著一種殘酷之美，頹唐之美，生命之美，也呈現了人與物曾經生活的句點。

曾經驚訝，記憶中高聳的大瓦厝，何以如今都如此老舊低矮？回鄉時最害怕看到的是，老厝屋簷下坐著曬太陽眼神空茫的老人。那樣的形象令人悚然愀心，也襯托出老人背後的老屋更加衰落。是時光還是什麼改變了我們心中的比例尺與眼界？但當眼睛被陽光下閃亮的磁磚所刺痛，在新式住宅中看不到建築的美感和情感時，我寧願回到從小住慣的磚瓦老屋。老屋的氣味和結構我再熟悉不過，夜裡閉著眼睛都能知道走到那裡該轉彎，到那裡該抬腳跨過門檻。磚牆與陽光、雨水、歲月密合，揉成細緻溫潤光澤的紅。每每在南下的車行中，遠遠望見在一片竹叢中或是田野出現一座紅磚老瓦厝時，特別能觸動回鄉的心情，那樣的磚頭紅專屬於老屋老家老地方。

回到老家，門前桂花當開，簇簇小小白白的花蕊掩映在濃綠的葉片中，靜靜地綻放芬芳，有一陣，無一陣，渲染在它周遭幾步遠的地方，人在花香裡穿行。那味道潛伏在衣袖裡，在髮絲間，在大家圍桌而啃的玉米上，也飄浮在冬日溫暖的屋簷下。

然而，睡夢中我聽見了石灰掉落在天花板上，窗邊不知是紡織娘還是蟋蟀的叫聲；白天一隻蜥蜴在灶臺上流連，見到有人來了，轉過頭來兩眼骨碌碌動了動，優雅地從紗窗下的破洞爬走。夜裡老鼠不慌不忙沿著牆角一往直前，帶著彷彿要趕赴什麼盛會似的神氣。屋裡牆壁處處有石灰片以一種危險的平衡支撐著，將落未落地懸在壁上。

老房子也不曾考慮到無障礙空間，房與房之間的戶定，如今成為老人行動的障礙。誰知會有這麼一天，舉步要跨過那個戶定，但那雙腳卻因操勞因退化而瘦弱且僵硬，腳要抬高那麼幾公分的努力，竟是對老人一次次的衝擊和傷害，那是痛，從腳傳到心內的鈍痛。老人在最熟悉的環境裡遇到最陌生的難題，卻也沒有想要去改造環境來適應人的需要，「戶定有字」，不可輕易更動。因為節儉的習性，也因為僵固的觀念，老人們過著一種既不向前也不回頭的日子，在老地方。

午睡乍醒，忽聞老屋後風吹龍眼樹的沙沙聲，那種心情啊……

那種心情，為什麼那麼悲涼，像一顆心飄浮在落葉之上，隨著落葉翻滾，該如何留住微風中的桂花香？該如何撫慰老人身體上的疼痛？又該如何記憶美麗的磚頭紅？

美人蕉

在安靜的人家水塘邊，溫潤潮溼的空氣中，有雞隻爭食追逐和幾聲狗吠，也有幾叢高聳的的美人蕉，寬闊深綠葉片冉冉活動著，彷佛有些睥睨一旁低矮的圓仔花，海芙蓉和鳳仙花。

在那一叢叢穠綠的莖葉頂端，幾朵赤艷艷的或是辣黃黃的美人蕉開在生青苔的灰泥水塘邊，或是磚紅的牆腳下，揮霍著一片南國的潑辣，歡歡喜喜的帶著鄉氣的美麗，有一種高傲的氣息，卻又有孤立之感。

她在村子裡好像也被孤立了。明顯地不同於其他農婦的粗樸，她身材高挑，燙著大波浪捲的長髮，蓬蓬鬆鬆的走起路來頭髮搖擺像風吹稻浪一樣美麗。閒暇時，她喜歡穿著鮮艷花色的長裙，坐在家門口，有些沾沾自喜地看著人們往來，笑起來哇哈哈，總是比別人放肆一些。

或許因為她身上色彩的繽紛，也或許是因為她的美麗艷辣燙傷了別人。在我們封閉保守的鄉下，女人的裝扮若不同於一般農婦那樣，燙著捲曲匍匐在頭上的短髮，斗笠大花巾，素色的衣褲把自己包裹起來，必然要招來非議。婦人們總癟著嘴以為這樣的女人不正經，很野，容易做出不好的事情。

至於做什麼不好的事，她們又都說不清楚，總之是根據經驗歸納出來的結論。正如不管遠看或近觀美人蕉，整花朵糊成一團，細節層次都不清楚，彷彿和光同塵了，總難形容花朵的形狀。

四季常開的美人蕉，在酷暑的天氣裡，就像燃燒起來似的傲然盛放，如火如霞，特別讓人感受到它強烈的存在意志，一如她青春的艷光，一種驕縱和奪目。也不一定有什麼故事發生，只是日光下走過時我有些疑惑。

花開了三數天，花瓣已經像一方擦過汗的紅手帕一般垂萎了下來，卻仍高高掛在梢頭，隱隱然有一股不服氣的意思。日光艷艷照著，那姿態像在僵持著什麼，也像那艷麗而疲憊的婦人，裙襬塞在兩腿之間，蹲坐在簷下的門檻上，有些滄桑的臉上散佈著粒粒汗珠，凝望前方冰冷的眼光中兀自有無形的戲劇。

我對美人蕉始終不懷好感，總覺得俗艷。直到很後來，我在畫冊上看到歐基芙的〈紅色美人蕉〉，以攝影鏡頭或者說近似大黃蜂的眼光深刻注視，慾望，魅惑，顏色，線條，構圖，描繪著美人蕉另一種奇異的美麗。漸漸地，我似乎比較能夠理解與同情宛如美人蕉的她。

圓仔花

我歸寧時，大清早從臺北搭車回屏東。宴客要化新娘妝，嬸嬸早早帶著化妝箱等在家裡了，讓人別無選擇。鄉下地方也別無選擇，嬸嬸手腳俐落，粉刷大筆大筆在我臉上掃地似地刷著。她邊化粧邊說笑，不多時，粧化好了，嬸嬸拿鏡子給我，我一句話也說不出來。臉上白粉白就是白，胭脂紅就是紅，我只好就頂著日本藝妓似的白臉紅唇，低頭出去見鄉親父老。

後來堂叔經營的相館要電腦化，我好奇問嬸嬸：妳也會電腦啊？她說：要做這一途，就要學啊。相館要申請執照，需有丙級技士證照，嬸嬸說：要考試，我就去讀冊，硬把證照考到手；現在用電腦修片，我就學啊；要做什麼數位沖洗，你阿叔說伊老花眼沒辦法了，我就去學啊。她的話語全是肯定句，也像標語口號，滿滿的天下無難事的勇氣。只不知嬸嬸修片的技術，是否像化新娘粧的水準一樣。

嬸嬸五十多歲時，每天晚上開車到鄰鄉的國中去上補校。我有次回娘家，她拿地理課本來問姪女。皺著眉，大嗓門嚷著：這荷蘭是什麼所在呢？我在一旁說：就是你們相館牆壁上貼的種很多鬱金香的地方。嬸嬸像看到老友似地叫起來：啊哈哈，就是那公園開真多花的所在啊。來，來，還有這叫丹麥的國家是……。功課問完，騎上摩托車噗一聲便趕回家去了。她經常一陣風似的來到我家，大叫阿哥阿嫂啊。她和父親商討農事，或和母親說些人情世事，不說話時的神情有如蒼鷹停在高處，即將向獵物俯衝的專注一般，一說完話又趕忙走了。

除了農田的工作，嬸嬸還要照顧三個學齡前的孫子，工作量可說多到超現實。然而她的態度勇猛，說話聲可以翻過檳榔園，青菜園，蕃茄架子，傳到遠遠的空曠中。她使農地的作物與身邊的人，同時感受到力量的充滿。

至今嬸嬸說話還帶有客家腔：那時啊你爸陪你阿叔去我家相親，我還以為對象是你爸咧。這事她說過幾次了，說完她便又哈哈大笑起來。她的大嗓門裡有種喜劇感，她說：若講起古早的艱苦，目屎是抹不離哦。天未光，就要去割香蕉割稻，有時駛牛車打瞌睡哦，回到家還要款待大家大倌小叔小姑……。農村家庭的長媳要做的苦工她都做過了，如今聽她說起，就像吃她園子裡的蕃茄，微酸帶甜，但她要的是一個圓滿家庭，她辦到了。

圓仔花

每當我想起嬸嬸，總是浮現圓仔花的姿影。那些在鄉村的水溝旁、牆角邊掙扎著生長的圓仔花，那樣澎湃的生命力，縱使枝葉覆滿塵埃而顯得灰頭土臉也無所謂，就那麼兀自開放圓球球的花朵，美著自己的美。就像阿嬸，自在大方。她活脫脫是紫紅的圓仔花，熱熱鬧鬧開在南國的陽光下。

桑椹

一月間，在河堤上走路。堤上有樹，雜亂的細細枝條盤旋纏繞著，草坡上堆疊著枯黃的葉子，落葉將盡，猶有一兩片黃葉掛在枝頭劇烈搖擺，拍擊著冷風。

不幾日，冷風中光禿禿的枝條上已冒出細細密密的綠意，節點上一小坨一小坨青綠色果實像一隻隻的小蠶伏著在風中蠕動。因著桑果，我才認出來是桑樹。

桑樹原本我是熟悉的。在讀高中的時期，因為蠶絲公司的遊說，村子裡突然興起一股養蠶的風潮。要養蠶，當然要先植桑樹，我到田裡幫忙的時候，原先的香蕉園已變成一片比人稍高的桑樹林，桑葉沃然茂盛。

但初次踏入蠶仔寮，看見一床一床數不清的蠕蠕而動的小蠶，爬伏在桑葉上攢動著頭，一上一下地啃食，又像慢慢要往人身上爬過來似的，嚇得我全身起了雞皮疙瘩，只要一閉上眼睛，腦海裡盡是一隻隻蠶寶寶在蠕動，好不駭人。經過一次兩次咬牙強忍著在蠶床邊舖排桑葉，與蠶逐漸熟悉了便也接受了牠們。蠶的食量浩大，我們努力剪來桑葉，牠們努力吃努力睡努力蛻皮，千萬隻蠶食桑葉的沙沙聲，響如細雨下在以稻草和蔗葉鋪蓋的蠶仔寮屋頂上，竟也令人感到十分悅耳。

養蠶是勞力密集的農業，常常父母要在蠶仔寮舖好足夠的桑葉，回到家總是晚間九點十點鐘了。我還在準備功課的夜晚，不自禁凝神辨聽屋前稀稀落落路過的摩托車，那在夜裡是一種奇特又被期待的聲音，時不時在遼闊空曠的夜色中響動著。直到分辨出約在百公尺遠的地方傳來父親野狼 125 的引擎聲時，終於安下心來。但，見了面，也只是輕淡地彼此叫喚一聲，便又各自忙各自的事情去了。

一個夏日的午後，我獨自騎腳踏車去蠶仔寮。半途，烏雲掩至天色忽地暗了下來，旋及閃電如銀蛇在水田中亂竄，忽左忽右，同時間霹靂大作。道路兩旁不是稻田便是菜畦，無處可躲避，此時騎著車的感覺很詭異，車輪軋過碎石的聲音清晰可聞，路上很安靜天頂卻有爆裂了似的響雷，說不出是害怕還是緊張，這樣毫無遮掩我也只好仗著憨膽一路向前。身後彷彿有雨聲在追趕，在雨點撒在我身上之前，喘著氣箭步衝進蠶仔寮，西北雨傾潑而下。

因著午後的西北雨，蠶仔寮常常有鄰近的農人前來躲雨。一回母親就在近門口處與人說話，忽有一道閃光直鞭而入，擊中母親，倒下。眾人驚呼，經一陣慌亂雜嘈之後，她才慢慢醒轉過來。那時候我也才驚覺到前些天下午我在路上的情形有多危險。

雖有驚險，也有美麗的經驗。

在蠶經過四次蛻皮，成為五齡蠶後，熟蠶體色變黃且呈透明，也不愛吃桑葉了，開始準備吐絲結繭。這時需要大量人力將熟蠶一隻一隻放到簇器上。為掌握上簇的適當時機，必定是全家總動員。有時接連一兩天大家日以繼夜不停息抓蠶上簇。有那麼一夜，我們就著燭光雙手機械地快速操作，直到深夜終於完成工作。為了明日的上班與上學，姐姐和我先騎了摩托車回家。

深夜的星空，銀河蜿蜒橫跨遠天的一帶，閃閃爍爍中好像有許多故事在那裡進行著。弦月在檳榔樹梢頭移動，眼前有螢火蟲上下飛過。深夜微涼，路上並不暗淡，似乎籠罩著一層銀光，天地靜極了，摩托車彷彿也無聲地走著。星光，椰影，螢火，因著夜色拉近了與我的距離，於我這麼親近如此自然，我全心全意地感受這一切，領受著這廣闊深奧的平靜美麗與神秘。在我的身體裡一直銘記著那夜裡的微涼與星輝螢火，即使今天回想起來，還能清晰感受到當時沉浸其中的沁涼感覺。

但好光景總是不常在。養蠶六七年之後，蠶床染上病菌，消毒無效，蠶絲的收購價格也低落了，於是大家又把桑樹鏟除，開始種植其他農作。蠶仔寮也逐漸荒廢，只充做置放農具和躲雨的地方。之後的二三十年間，大家也似乎淡忘了桑樹或養蠶這些事。直到近些年，生機飲食風潮大起，發現桑椹是養生的大好食物，根據醫書的記載：桑椹滋腎補肝，安魂鎮魄，聰耳明目，養血祛風，生津止渴，利尿消腫，解酒烏髭。簡直是療癒撫慰身心的神品了。

當年，在田中偶爾好奇摘一兩串桑椹隨便咬咬隨手就丟，酸酸甜甜，並不特別吸引人，也無人認真去看待這種吃不飽的小果子。養蠶時，為了便利工作，桑樹一直維持在一定的高度，經常地剪枝，結的桑果並不多。如今，站在河堤邊高大的老桑樹底下往上看，細細的枝條柔軟地往下垂覆，層層密密長出新葉，彷彿一個小型的綠色穹頂，和往昔的印象自是不同。枝條上青青紅紅長滿了桑椹，那要等到三四月之交成熟時才會呈深紫黑色，屆時，招來蜂蠅騷動翻飛，當又是另一番景象。

桑椹的產期就像短短的春光，一陣風一陣雨，轉眼即逝，桑果往往也瞬間紅紅紫紫落了一地。從前幾年開始，四月中旬以後我便會收到家裡以宅急便寄來的幾瓶桑椹汁。原來在蠶仔寮邊還留著兩棵桑樹，每到春季，結滿了桑果。我可以想見：春日，父親路過蠶仔寮，發現滿樹桑椹成熟了，他停下來在樹下摘食了幾顆，嗯，可以了，便動手將熟果摘下，交給母親清洗完畢，起火加糖熬煮兩小時，裝瓶。周日，由大哥裝箱託寄。

玻璃杯中的桑椹汁，純淨，艷麗的紫紅，是春天的奼紫嫣紅在水杯中留連徘徊，迴盪著關於燦爛與平淡，勞動與收穫的記憶，也滋養著，未曾說出口的鄉思。

含羞草

沿著牛車路的溝渠兩旁，生長著許多含羞草。土地肥沃，含羞草耐旱又耐溼長得茂盛，枝葉延伸得很長，充滿野性。或許生長在低處，牛車輪帶起的泥巴一次又一次地甩在它的枝葉上，含羞草看起來總是整株灰撲撲的。

同樣一身灰撲撲的是水牛，牠的尾巴一甩，總要驚動幾株含羞草，彷彿驚嚇後的瑟瑟抖動，羽狀複葉便收斂閤起，待牛車走遠了才再舒展開來。含羞草開花時淡紫色的頭狀花序，美麗而溫柔。毛茸和銳刺只是它的防禦武器，絲毫沒有冒犯別人的意思。它的觸發閉合運動，也僅是一種防禦的作用。小時候的我們都愛去逗弄含羞草，用手指戳它一下，看葉子慢慢閉合垂下，好像一面神秘窗子對著我們關閉了。我們也耐心地等候它慢慢再舒張開來，再戳它一下，閉合，等待，舒展，再戳……。

長大後的有一天，當我回頭檢視家人之間的情感時，我忽然省悟到：我們一家人的情感狀態與含羞草多麼相像啊。平時家人的談話除了日常的應答，親戚農地之類的瑣事，一旦話語觸及自己內心的、情感的，我們總習慣把眼光移開，好像在防禦著什麼，又以種種粗魯的方式在抵抗著什麼，如同含羞草斂葉卻張著銳刺。我們不知如何啟口說些親密的話語，內心的門窗習慣遮掩著。羞澀，表達遲緩，我們一家人，心底有什麼話從來也不用多說，有事情出力去做就是了。似乎言語，表情對我們來說，都是多餘的。

我們也像含羞草一般頑強地生活著，一旦情緒猛然受到干擾，驚動了心底的每一片細葉不知所以，便急急收斂起來，連最輕微的撫摸都拒絕，彷彿深怕互相碰觸之後會生疼。父兄對我們即便充滿疼惜和愛護的心意，也要以責罵的方式來表達，就像我們一直還是不懂事的孩子，就像誰先流露了真情誰就輸了一樣。儘管關愛的眼神不離不棄緊隨在身後，他們仍深怕表現了那柔軟的情感而把頭轉開。因為怕難為情，話語的溫暖，表達愛的肢體動作彷彿都長了刺，會扎人的，而彼此躲避。

最近回鄉，表姐對我提起有個朋友業餘喜歡在鄉間四處攝影。二三年前的一日夜裡，在媽祖廟她看到一位憂傷的老人到廟裡拜拜求籤。求完籤後老人終於露出笑容，那一臉的滿足滿意與單純，讓她不禁按下快門，她說至今回想起那個笑容猶歷歷在目。表姐看那張照片，驚呼：這人是我大舅啊！那白髮蓬飛而蒼老的影中人正是我的父親。

父親到媽祖廟求籤，是問農事，母親的健康問題，還是其他的什麼事？

向來拙於表達的父親，究竟隱藏了多少心事？

甘藍菜

家鄉的甘藍菜多是在稻作秋收之後種植的。一畦一畦，一棵一棵，如一朵一朵結實飽滿的花蕊。我於冷冽的清晨中讚嘆，那飽滿的露珠滑滾在甘藍菜深綠的葉片上熠熠閃光，晶瑩圓潤。不久，父親的快刀便引向田畦，刷刷刷切割一粒粒碩大的甘藍菜。草草剝下三兩片深綠的外葉，水珠猶在葉子上滾動，農夫古銅色的身影也在冬陽下閃閃發光，詩意與鐮刀並不扞格。價格好的話，一分地的甘藍菜可以賣到七八萬元哩，這樣的時候父親有著靜靜的快樂。

但農人總是不約而同大家一起種植了紅豆，蘿蔔，花生，花椰菜或者甘藍菜，以致經常生產過剩，於是一片片美麗又豐收的菜蔬又變得如糞如土。曾經，為了穩定市場價格，在收成時農會以一分地八千元補助農家，農家則將甘藍菜就地剷除做農肥，化做春泥。

這時候阿嬤阿祖的手藝就派上用場了。搶收了幾顆鮮嫩的甘藍菜，在冬日陽光中，她們或蹲或坐矮腳板凳，手抓一把鹽，太陽煎熟顏色的手肘，熟練的手勢一頓一挫將鹽巴灑在眼前的甘藍菜葉上，彷佛是一種儀式，帶著堅強的念力，要化腐朽為神奇，點石成金。而後如洗衣一般幾番搓揉，或是曝曬幾日變成甘藍菜乾；或是塞進米酒瓶玻璃罐裡醃製成甘藍菜酸。

冬季完成的菜乾與菜酸，是鄉村一年四季備用的食材。甘藍菜乾有美麗的乾燥的健康顏色，捲縮著對陽光與泥土的記憶；菜酸的葉片舒展於鹽巴和陽光交融的稀薄水分中。菜酸用來熬煮排骨湯、滷肉、炒肉絲，散發出一股特殊的酸酸甘甘的味道，那酸是曬過太陽微汗的味道，那甘就是一棵甘藍菜豐美的本質了。這樣經過霜凍，日曬和封瓶醃製的滋味，甘藍菜展現了鄉村日子一種微酸微甘的日常滋味。

日常，我們最愛吃的是新鮮的甘藍菜以豬油爆香蒜頭大火快炒，色澤油亮脆白鮮綠，吃起來好像拌了冬日陽光一起炒過，那滋味啊，在齒與齒脆脆的咀嚼中彷如露珠輕輕地爆破，聲聲清脆回響在年輕健康的齒頰間。

但是，女兒問：近來我們家的甘藍菜怎麼吃起來都爛爛的？

那是因為阿嬤牙口不好，要煮爛一些才容易吃。

儘管如此，世居臺北的婆婆還是不滿意。後來，她意有所指就說了：住天母的三阿姨炒甘藍菜，這葉莖都切了丟掉耶，伊們真懂得享受喔。

之後我便把葉莖一一切成細片，老人吃起來應該沒有困難了吧我想。農家子弟的庭訓是不可浪費農作物，否則天公是要責罰的。「莫使討債」，鄉村老一輩的話語如同警句而非一般慨嘆，隨時隨地都要說上幾遍，甚至再次援引村子裡誰人因為浪費、不惜物而窮困潦倒的實例故事，懲罰與報應的想像與事例在他們看來就像閃電與颱風暴雨一樣，確實且無可迴避。

然而，婆婆一次兩次再一次對著盤中的甘藍菜複誦他人吃甘藍菜的方法。

對於這種奢侈的吃法我不能苟同，竟脫口而出：「嗯，所以呢？現在她兒子一個在跑路躲債，一個借錢不還，這樣敢有較好？」

玉蘭花

嬸婆家大門口，有一棵玉蘭花樹。

我們常常經過樹底下，偶爾見到嬸婆在屋裡悠閒走動。她家門庭總是打掃得很清幽乾淨，而玉蘭花樹葱籠盈綠，那在我看來很有一種氣派，不像一般農家到處堆著農具、稻草或拴著牛隻。

玉蘭花開的季節，四鄰的老婦人常來向屋裡喊一聲：摘幾朵花喔。便踮起腳尖來摘花，若有年輕人在一旁，就央他站上矮牆多摘兩朵，或帶回家供在菩薩前，或別在髮髻上。

和阿嬤同輩的婦人，都把頭髮梳攏成髻，亮出整個臉龐，裝飾都在髮髻上做工夫，比如別上一支髮簪或是一朵含笑花、玉蘭花。

玉蘭花的香氣帶著習習涼意，但是喜歡別戴玉蘭花的鄉村老婦人，不管打罵疼惜小孫子，操持家務，餵豬養雞，過年過節，都像灶孔裡的柴火，燒得熊熊火熱。

嬸婆的行事作風並不如此。她一身素淨的衣衫，眼睛像冰一樣清亮而冷，凝脂一般的臉龐幾乎看不到皺紋，嘴唇因嚼檳榔而殷紅，仍然烏黑的髮髻時時別著透出香氣的玉蘭花，那冷白的花瓣承受了冷淡的神情，那冷清彷彿也更加凝結，無可化解了。

聽老一輩人說，叔公在臺灣光復之初做生意，賺了不少錢，在地方上頗有些名望，兒女也都栽培受高教育，所以他們有人當老師，有人是公務人員或是在學校做辦事員。大家都說那是一個興旺的家庭。

但在叔公死去之後不久，兒輩有人搬去都市了，有人迷上賭博，一個院落便逐漸顯得寂寥。

幾次嬸婆緩慢邁步走進我家來，優雅和氣而有些落寞。趕在大哥出門到銀行上班之前，嬸婆揣著錢包和存摺來托給大哥存提，這件事是要瞞著兒子媳婦。她有時會細聲和母親小聊，偶爾哼哼地輕笑一下，又嘆了一口氣，說那些田地厝地一塊一塊什麼的。旁人不能清楚聽到內容，不像其他人，說起話來中氣十足，好像喉頭有個麥克風似的。而我們要趕著上班上學，也不曾去注意她們在嘀咕些什麼。

在我們匆忙漱洗，吃早餐之間，聞到嬸婆身上傳來玉蘭花的淡淡幽幽的香，彷佛一片雲似的薄薄的飄繞在屋頂四周。我們快步跳出家門，急急要甩掉那一股玉蘭花香和嬸婆頭上桂花油的氣味，老人的味道。

老人身上的味道，就像開過頭的玉蘭花，花瓣大開如雞爪，花的氣息已近苦澀。

一個安靜平常的夜晚，有幾聲夜鶯的啼叫，空氣中依稀飄浮著玉蘭花香，我還在書桌前為聯考奮戰，遠處突然騷動起來。女人尖聲叫喊，幾個男人喝斥啐罵，小狗狂躁吠叫不停。路頭那邊傳來雜沓腳步聲，嘈鬧忽遠忽近，在鋁盆和木屐撞擊的鬧哄哄中，斷斷續續我聽得大家的議論：喝了巴拉松呢；夭壽哦；正在灌腸救救看。

之後，一切又漸漸回到夜的安靜。

這是不尋常的狀況，我不免疑問到底發生了什麼事？囡仔人緊去睏，大人說。

翌晨，傳說喝農藥的男人死去了。傳說中令人心驚膽顫的細節應有盡有，農藥中毒的種種慘狀，他老婆小孩的哭號，以及另一個女人的是非，所有言說都以一種壓低的聲音敘述，不同的人說起來便又添上一些新的枝節。

玉蘭花樹的枝節上依然靜靜開滿了花蕊，但很幾天沒人去採了。嬸婆家裡有時傳來男人打老婆的吵鬧聲，大家也都當沒事一樣走過去。村子裡又恢復了簡單平淡的日子。

再後來的幾年，我從大城市返鄉過暑假，經過嬸婆家時，總見她一人單薄的身影坐在近門口的地方，有一下沒一下地搖著扇子，彷彿在召喚著一去不回的殷盛家道的回憶。她一臉空洞洞望著門外，眼裡罩著一層雲霧似的，反倒是背後紅格桌上的亮著兩座紅色蓮花燈，陽光照不到的暗沉廳堂裡，顯得陰氣森森。她已經不太認得人了，喚了她，她總抬起頭來茫然望著人，說：你誰人啊？

屋旁的玉蘭花樹，一樹綠森森的點綴著幾蕊珍珠白的花，地上也舖了一層掉落的花瓣，傳來陣陣清涼的香氣，風來時落葉刮著水泥地面嘎啦嘎啦響。聽說整座瓦厝不久之後就會夷平，要起建販厝了。

玉蘭花樹根淺，一年，來了強颱，把它颳倒了。

果然，不多時，沿著馬路矗立著並排新建的幾棟樓房，嬸婆和玉蘭花樹都消逝了。連那愛賭的兒子和偷漢子的媳婦也不知去向了。

臺北

屏東 ⟷ 臺北

放手練習曲

你察覺我的腳步走近時，立刻轉過頭來看著我，似乎在等著我又像在防衛著什麼。我知道你手的動作正快速地把網站一個個關掉，空氣中有一種難以測量卻真實的震盪與緊張，你清瑩的眼睛含著疑問：有什麼事？

我都看在眼裡了。但我也不說什麼，說什麼都不是。只是覺得你的世界愈來愈大，也離我愈來愈遠了。就看著你，也只是，看著。

看著看著，有時候覺得真不可思議，什麼時候你變成一個美少女了。我是說「變」，雖然每天看著你，但你總是在某個時刻讓我驚覺：你又長大一點了。你長大了，我應當感到寬慰才是，但是不知道從什麼時候開始，在寬慰之餘我又感到一些很難理得清的心緒，心頭上總感到有些重量。有些恐懼，或許是恐懼失去；或許是害怕你遠離；也或許是一些悵然，對於生命的消長，對於我們曾經的依存關係。

接下來，你說星期六同學邀你去逛公館。你凝重臉色，歪著頭等我的回答，我沉默嚴肅地看著你。

我問：和哪些同學？要去逛什麼地方？一定要去嗎？

你勉強忍受我一一的詢問，說：就是公館嘛，伊東屋呀、金石堂呀大眾唱片行嘛。

可是你想想看，報紙電視上哪一天沒有凶殺案、性侵害、分屍案火燒車被騙被拐的事件。公館雖是我上班的所在，當你說要和同學去遊逛時，那裡立即變成毒蛇猛獸橫行的蠻荒叢林，公車之狼、電梯之狼、什麼什麼蛇呀鹹豬手全數出動，在我的腦海裡示威獰笑。你要知道人心有多詭譎，你的周圍就有多險惡。

從你嬰幼的時候開始，常常無來由的就有種種恐懼感襲上我的心頭，災難的陰影總在四下遊移。有時候加班回家晚了，你已睡下來不及和你說說話、廝磨一番，我竟無法克制地要鬧起情緒來，像是失落了什麼沒有得到滿足的虛空。因為恐懼失去，以致我對離散、天災和人禍有了膨脹的想像。因為你，我在自己的掙扎與恐慌中，似乎也才稍稍能理解母親當年的心情。

我的母親，她向來就擔心子女餓肚子，彷彿饑餓是她最大的恐懼。小時候，在農村我們像青菜蘿蔔一樣自然生長，但也有許多事由讓我關在房裡生氣不吃飯，母親總會在房門口苦苦相勸，絮叨著她和父親辛苦工作就為了讓我們吃飽飯，「你不吃飯啊，那我們不是白做工了。」那聲音像一支悲傷的歌，卻比柔軟的繩索強勁縛住我就範。就在父母親拚命工作以餵養我們的同時，我竟得到意外的充分自由。那時候在鄉下，就在你這個年紀，我經常和同學們在初一十五的夜晚縱橫媽祖廟前，穿梭在燒香拜拜與逛市集購物的人潮當中，吃食各種當令果物和剉冰，似懂非懂地學著聽卡本特兄妹的〈Only Yesterday〉、〈The Top of the world〉，齊豫的〈橄欖樹〉，有時大夥人就在同學家過夜。那是個麻雀般跳躍織夢的年紀，誰能阻止女孩子們嘰嘰喳喳過日子呢。農村對一群作夢的女孩來說，是太小太簡單了，我們總嚮往著想像著未知的遠方。

你對遠方也懷著想像與憧憬的吧。而我，卻要以想像的災難把你圈籠保護在自己的視線範圍之內，雖然我也清楚知道，我的恐懼將會剝奪屬於你自己的生活經驗。小孩要長大，是做母親的既甜蜜且憂傷的經驗。你開始糾正我講話不要再用疊字，之前我們習慣說蓋被被、壓扁扁，現在只要說蓋被子、壓扁就行了，你說用疊字太噁心太幼稚了。你在長大，每隔一段時間，都是你推著我隨你進入另一個新階段，我得重新適應你又長大一些些了，心底的量尺也要隨時更新。但你不會明白為什麼我經過麗嬰房時，總禁不住要呆立看望著那些嬰幼兒服裝；當我去「愛的世界」，再也買不到合你身的衣服時，心裡那滋味，啊，那滋味真不知道該怎麼說呢。有時候，我真想再買件可愛的小洋裝裱框掛起來，但那樣也只是滿足我自己的想望，已經與你無關了。我多麼想要一直將你裸抱在懷，又多麼期望你健康長大。

我知道你急著要長大，渴望自己去經驗種種事情。我明白自己小時候曾經做過多少蠢事，現在就該有多少包容來對待你。我也在學習對你放開手，讓你自己去摸索前進的路程，讓你受傷，讓你成長。然而這一門放手的功課，對任何一位母親來說都是艱難的學習。我因此記起你第一天要去上托兒所時，我讓你獨自走過小學校無人的大操場，你穿著水藍洋裝的小小背影，美麗宛如晨風中的玫瑰蓓蕾，擺動著勇敢一往直前。你頭也不回大無畏地朝教室走去的身影，看在我眼裡是多麼教人感動。而平時的你是那麼膽怯怕生，總習慣拉著我的衣角，躲在我身後探看陌生的世界。於是，我才知道你可以的，我也應該放開要保護你的手，讓你去嘗新。現在，我歡喜每天早晨在門口目送你精神飽滿地背著書包下樓去，彷彿你就要啟程為自己的人生去長征一般，同時也滋養了我為人母者的欲望與幸福。但是，基於本能，基於情感，甚或功利的目的，真正要給孩子充分的空間與自由，很難，真的很難。

那個曾經在我每天要出門上班時，你難分我難捨地在鐵門裡淚眼問我幾時回家的女童；晚上我在洗碗時，那個站在水槽旁童音朗朗背誦課文的小女生：「……有的媽媽忙著做生意，有的媽媽忙著去上班，為什麼每個媽媽都這麼忙呢？」忙，忙忙碌碌的生活，我錯過了多少你等待陪伴的眼光。然而這些辛酸溫甜的片刻，內容平常，印象結實，讓我以為你會一直拉著我的手，讓我引領你向前走去。但現在總有一些事情讓我們爭吵起來，我知道如何激怒你，如何讓你掉淚。我偽裝開放、明理、寬容，彷彿是現代新好媽媽，實則骨子裡依然是殺傷力極強的掌控的欲想和本能。雖然我也時常警惕自己，不可以宰制你的生活，要給你更大的空間。但是，好吧，我承認，隨著你逐漸逐漸的成長，有種被離棄之感噴然而出，彷彿我不再是你所需要的一雙手。我深刻感覺到你自己的世界正在成形，擁擠著我們的交集愈來愈縮小，這種感覺很……，很悵惘，也很辛辣。

然而，一雙不能鬆開的母親的手，便可能形成壓迫的陰影，也可能變成長鞭辛辣地抽打在子女身上。這些年來，有一雙不曾放鬆、不願意放開的手，把我們的生活導演成直逼電視八點檔連續劇的家庭倫理悲喜劇，歹戲拖棚一般在客廳裡反覆搬演，想必你也一一看在眼裡了。那一雙手鞭打得你父親軟弱無力，我在其中也傷痕累累，進退無據，終於讓我開始懷疑起家庭的意義。家，也是枷，已非我一向所以為的生活最後避風港了。不能放手，可能是母愛的敗筆，愛是多麼艱難，一失手便成怨，成恨，如血蛭，吸食子女的骨血。那樣的一雙手，如此固執而專制，慢慢地腐蝕了我的敬意與愛。而我的母親，則以她憂傷的眼神和她滿懷關愛的雙手，編織她馴服孩子羅網，讓我的反抗之矛找不到可以招架的盾，日後卻纏繞成頭上脫不掉的緊頭箍。我嘗受過的疼與痛，如今怎能再以愛做偽飾，將這樣一雙不肯鬆放的手置於你肩頭呢。

實在說來，為人父母者也有自己的人生問題要面對，比如穿著軟底鞋不聲不響到來的「老」，也讓我常常感到困惑與無所措。比如，在我的夢想中還有一片文學草原，我努力著要前去徜徉，而你也有你奇幻不可思議的世界要去探訪。我從來不怕在你面前暴露自己的無知與侷限，我更願意你我是人生路上的同行者，我們可以豐富彼此的生活，不必因血緣關係而互相拘限。我期待我們的關係是一條寬鬆低垂的紐帶牽繫著你我，不以母親、女兒之名，將彼此綑綁起來。

以母女之名的綑綁，常常藏得非常深而隱蔽，甚至習而不察，直到將我們束縛得要窒息。然而生活並不能排練，無法在錯的地方喊暫停；如何鬆綁也無前例可援引，唯有憑藉著強大的愛在失誤中學習放手的契機。唯有我退一步，以寬鬆而不介入的心情與你相處，彼此之間才有進退的餘地，更有溫暖，親愛。在我們輕鬆的關係中，你仍像膩人的小狗似地圍在我身邊繞，你可以靠近我一起聆聽巴哈的無伴奏大提琴組曲，而我對你愛聽的蕭亞軒、徐若瑄竟掩耳走避，顯然我是比你狹隘了。最近，你以高額的票價去訂購安室奈美惠演唱會的門票，讓我與你父親大為吃驚。一時之間，無法接受那個我們還以為害羞內向的小女孩，竟可以獨自前往小巨蛋，與幾千上萬人擁擠在一處吶喊狂歌。你也一再熱烈推薦我聽 Kelly Clarkson。她充滿動力高歌：我要展開雙翼，我要學習飛行，雖然向你道別並不容易。……這也是你的心聲嗎？那是青春期的，富於幻想的，尚未真正找到自己方向的你嘗試鼓翼飛去雀躍的心嗎？你試圖用音符來敲打我的偏見，以帶著稚氣的歌聲來軟化我還不時緊緊握住的雙手，對否？

那麼，我也希望你能聽聽〈sunrise sunset〉這首歌。這是電影《屋頂上的提琴手》裡在大女兒婚禮中那父母親唱的一首歌：這是我帶大的小女孩嗎？這是那個在玩耍的小男孩嗎？我不記得他們有長大啊，他們是何時長大的？他們昨天不是還很小嗎？日出，日落。日出，日落；歲月飛逝。……歲月飛逝，你也到了有秘密的年紀，有了不想對人訴說的心思。我看著你，彷彿浮貼著三十年前自己的身影，有對未知遠方的嚮往，有青春期急於飛翔的雀躍。看著你，像在看一幅熟悉的地圖，又像在發現一個新大陸，我將會是一支羅盤，一付望遠鏡，是等待你的港灣，抑或是任你航行的海洋？

日出日落又日出日落之間，你又長大了。我正努力學習像看日出日落一樣，自然平靜地將緊緊拉著的紐帶輕輕地，練習著，放手。

在公車上

這是開往山中溫泉區的唯一公車，可能的話他都是坐在最後一排靠窗的位子，像一枚孤僻自閉的牡蠣，半瞇著眼冷冷看著窗外。窗外依然是高低雜亂的市招，各色吊掛著待售的衣物隨風招搖，一家水果攤特地截了一大段樹枝立在攤位旁，將水果掛在樹枝上以招攬客人。

每日清晨樓下公車引擎聲，彷彿都在催促他，離開。

他已坐定三十秒鐘了，車子還不開動；他一動不動雙手抱在胸前，有說不出的疲勞與倦怠感，就連窗外市場的喧鬧活力也引不起他的興致。一位揹著孩子的歐巴桑兩手提著包包和魚肉青菜等什物，大象似地勉強掙扎著上車。司機與她用別人聽不懂的語言寒暄談笑，她裂開鑲有金牙的大嘴笑著，一邊樹鵲啼唱般和司機談話，汗涔涔的額頭黏著幾綹頭髮，滿佈斑點的臉紅通通，好似抱歉又似嘆氣地又說又笑，等她俐落地將孩子放在座位上，花襯衫早已溼透透黏貼在粗胖的身上了。高溫隨她而至，他無聊地轉頭望向窗外，機械而茫然讓毫無美感的市景拂過眼前，甚且因此更加深了他的疲勞與倦怠。

他瞇著疲勞的雙眼看著店招：仲介房屋，銀行，證券行……，龐大的招牌體積，配色粗俗醜陋。他一回想到曾經和房仲打交道的不愉快經驗，那些店招就更顯得刺眼了。情趣量販，三九九吃到飽……，情趣也可以量販哦？「吃到飽」三字如一把秤，邪惡地掂量著人的貪欲。當鋪，借二胎，汽車借款，……他恨不得有一雙隱形的翅膀，輕易飛越這惱人的一切。飛越。

心情是急著飛越的，公車卻像恐龍一般緩步。在捷運總站，往往有一群又一群前往山上洗溫泉或是踏青的乘客排成長龍，今天先是一隊穿著休閒服的六七十歲的好像很快樂的女士，車門一開，那種生猛雀噪的喧囂就先闖了進來。她們比小學生的郊遊更騷動，時不時爆出一陣火雞狂譟似的哄笑。帶頭的女士站在一個空位前，一手叉腰一手指揮著誰和誰坐，誰坐這裡誰坐那裡，其他乘客倒像不速之客似地被她瞟了一眼。她們在相識之間極盡客氣互相讓坐，你坐你坐你坐之聲不絕於耳，對非同一隊伍的人卻又像防賊般防衛著空位。後面，是一群背著登山包的老先生們。說老，大概也只是剛從職場退休的人吧，有人以矯健跑百米速度衝到車子最後面，嘀嘀咕咕：「慘了，慘了，沒位子坐了。」沒有位子了，有人索性就站在出入口處，雙手抓住手環，大字型站開，那體態就像是哈哈鏡裡的凹面鏡所顯映出來的人形，恰恰好堵住通道，他好比就站在自己的王國裡，指揮著大軍往前衝。

公車終於加足馬力轟轟向前衝去，一時之間，人聲嗡嗡嗡。噪音擴張如疲勞轟炸，轟隆隆中能辨別的內容無非是那家旅館的溫泉套票折扣便宜划算；約好明天誰家去唱卡拉ＯＫ；耶，老胡有三棟房子，財產超過一億了，真看不出來。你聽他胡說……；前面那位一身顯得豐潤有餘的男士搖擺著他油膩膩的頭嘆道：現在股票基金都不好做，銀行利息又低，唉……。左邊三五個人把近日社會新聞中的名人緋聞一一評論感慨了一番。這番言談儼然一臺又一臺電視新聞就在耳邊強力放送一般，一時便激怒了他。

瑣碎乏味的日常談話，是生活中不可思議的騷擾，彷彿隨處在等著他，隨時準備痛打他一頓。

人們在言說著，無止盡地言說。他幾乎要請求他們：能否行行好，閉上你們的嘴，靜一靜好不好？看看窗外的風景好不好？你們不是來郊遊的嗎？但人們仍然無止盡地言說。他把頭緊靠在窗框上，散發著即將崩潰的疲憊氣息，憤憤然看著窗外山路上那一片深深淺淺的綠。

山路緩緩上升，一小片藍天，一閃而過的飛鳥，山坡雜樹林裡有各種植物，香楓，相思樹，檳榔樹，油桐，間雜著月桃花九重葛，苦楝，榕樹，一棵一棵看過去，植物安安靜靜各自獨立地活著。他多麼嚮往植物一般安靜而孤獨的生活，可以鎮日無言，閱讀，寫字，聽辨鳥鳴蛙聲，觀察毛毛蟲侵蝕玫瑰花蕾的小小惡行。思及自己那光影斑駁微形的理想國，他便情不自禁微微笑起來，窗外紫色牽牛花攀緣著圍籬和樹幹，一朵一朵沿路開下去，讓山路因而有了頑童翻牆淘氣般的快樂氣氛。植物是安靜的翅膀，把他帶向寧靜的遠方。

心神從寧靜的遠方回到公車上，那些似遠還近的言說，還在大家的口中反覆反覆操練，不斷擴散，狹窄的公車空間把那喧嚷變成一種淒厲的聲音，在他聽來就像蚊子的叮咬，他明顯感到了腫疼，像隨處碰碰都是還疼著的生活瘡疤。車內每個人都老到急著派送自己的人生經驗，也到了大可無所忌憚說話的年紀了，一車幾十人，彷彿無數的水族張口覓食一般，嘴巴不斷一張一合，言說像一件上衣，將人的無知和愚蠢張顯出來。人聲形成一團溼重的海水，有一種即將沉溺的厭倦和悲傷如緩慢的流水，向他淹來。他想：在你們剩餘不太多的時間裡，怎麼不多關心自己一點呢？

不得不感到眼前的景象正是庸碌的日常生活大拼盤，讓他原本即濛濛灰的心緒更加鉛重。只好疲懶地再望向窗外，把牡蠣殼關得更緊密一些，在殼裡有一種漆暗，拒絕了所有的交流。為了迴避與別人的肢體接觸，他挪動一下身子更向裡側過去一點。他並不憎恨別人，只是乞求清淨，不要再受到言語的擠壓，被試探耐心和容忍度，他只想要獨自安靜隱藏在一個保護殼裡，就像牡蠣感受到干擾時便縮回硬殼裡一樣。硬殼只是他臉上的一種偽裝，那偽裝，象徵軟弱。

　　窗外建物與市招慢慢往後退去，在進入山區之前，一位老人拄著拐杖顫抖得風中樹葉似地慢緩緩上了車，大約費去了三分鐘。有點擠又不太擠的車內一時之間安靜了下來。乘客們全閉上了嘴，全車彷彿籠罩在一片微妙而忸怩的烏雲之下，有人低下頭去，有人轉頭看窗外，就是沒有人站起來讓位。公車冷氣似乎不高興了，噴出帶著灰塵且讓人微微出汗的熱風。老人勉強拉著吊環磨磨蹭蹭挪過肥短大將軍身旁，往車裡深處張望。對他來說，沒有比老人無聲又帶著祈求的眼睛更令人不安的了，而車內一片不自然的靜。經過膠著而炙人的三十秒鐘，樹鵲的嘎嘎聲突地劃破尷尬的安靜，「孫也，你乖乖坐好喔。歐吉桑，來，來，來，這位子給你坐。」歐巴桑的臉龐露出自然簡單的笑容，待老人家安然坐下了，所有乘客頓時也鬆了一口氣。細細喁喁的談話聲又從各個座位上響起來。

　　座中那位獨自帶著一個未滿周歲嬰兒的八旬老翁，無力哄小孩，便任由他哭鬧多時，乘客紛紛轉頭探尋哭聲來源，於是有人問阿嬤不在嗎？有人說可能尿布溼了，有人懷疑是不是不舒服，小孩繼續折磨人地哭。哭。哭。哭。終於一位年近六十的婦人走過去直接抱起小孩，熟稔地像哄自家小孩一樣拍撫說話。小孩漸漸停止哭泣，好奇看著車內乘客，人人你一言我一語逗弄起小孩，使那孩子展現了天使般的笑容。

婦人的善良軟化了即將凝固的厭煩，讓他的再度嘴角浮上一抹微笑，緩和了他無法形容的疲勞和厭倦，以及不堪忍受的噪音。車窗外的牽牛花似乎也對他眨了眨眼。

他彷彿是得了水分的牡蠣，稍稍打開硬殼，抬眼望向窗外。在一片變化甚微的綠意中，一路蜿蜒而上的紫色牽牛花在翻滾著。牡蠣殼或許是一個無用的裝備，厭煩有一張冷漠的面孔，形成另一道令人不快的存在。到站，他踉蹌地挨擠著下了車，深深呼出一口氣。

寥落圖書館

直到上大學之後，我才懂得上圖書館。遊走在角鋼書架之間，沁涼的空氣裡，滿滿的紙張霉味。不一定有特定的書要找，但在書堆和舊雜誌中東翻西揀，兩眼焦灼追索，我從中便得到一些知識上的快樂。

系上必讀的那些色澤悲傷，卷帙浩繁的史籍，比如《先秦史》、《秦漢史》、《國史大綱》、《中國通史》、《西洋通史》，盡是朝代更迭，戰爭，災難，典章制度，權謀……的敍述與記載，一列一列加了墨綠、深藍和土黃色精裝書封的舊書，就像一位又一位著長袍陰寒著臉的古人，背著手以懷疑的眼光打量著我遲疑的臉色。

有時，我不免要想起班上那幾個彈吉他的搖滾男生，他們咒罵考上這個系，忽視系上的老教授。這些蒙著細塵的典籍無論如何也無法吸引他們的目光。這些書冊容易讓人感到疲憊，同樣地，也不能說服剛從聯考釋放出來心不在焉又躁動不已的十八歲少女，坐下來安靜翻開質地危脆發黃的書頁。完全是彼此錯誤的相遇。常常在圖書館深處，在我找書的時間裡，碰不到其他同學。曾經，我也頗有心地借書還書，在許多年不曾有借閱者寫下日期和名字的借書卡上填上自己的名字，隱隱然有些得意呢。

但是，椰子樹長長的葉子在牆外沙沙作響，彷彿有什麼事在圖書館外發生，正召喚著你；又彷彿有什麼人在校園小徑上等著你；這些似有若無的聲音，一直催促著走吧走吧。於是，我從陰涼的書庫衝出大樓外，日光大作，一時暈眩，更不知要如何是好。

總是這樣反反覆覆，我茫茫然地闖入歷史綿延的寶庫，史籍長久在沉寂與昏暗中等待著閱讀，卻被遺忘。偶爾聽到了腳步聲，沉睡的書魂紛紛蘇醒騷動起來，翹首企盼有學生抬起手拿下他們，坐下來摩娑翻閱。書冊中蘊藏著太多的卓見與思辯，宛如大江大河滔滔奔騰而來。但深沉的生疏與浩瀚的晦澀，幾幾乎讓人沒頂，於是我便知難而退，致使入寶山而空歸。終於，老先生們拂袖而去，史學大門的門栓重重地落下，從此我不得其門而入。

之後，我和大家一樣投身繽紛的世界，談戀愛，玩樂，工作，也曾經失意挫敗，然後走入家庭，對於書卻始終若即若離。直到近幾年，我才重新開始進出社區和市立圖書館。説來奇怪，早年我與沖沖進到圖書館在書架間徘徊之際，常常冷不防地肚子就很痛很急，非去上廁所不可，如今這種情況也依然，少有例外。莫非書籍的氣味具有促進腸胃蠕動的效果，或者，這也是一種隱喻，告誡我必需先清空排泄先前的傲慢與偏見才能吸收新知。

我不做學問，做為一位普通讀者我只看自己想看愛看的書，也唯有在選書時讓自己絕對地任情任性，彷佛也是對生活不滿不足的一種補償。我喜歡「亂讀」，又容易受誘惑，因此家裡的書是青山常亂疊。有時候我也發憤圖強，從一本書開始，從中引出下一本書，甚至一串書單來，比如讀了米蘭·昆德拉的《簾幕》，自然要把杜斯妥也夫斯基的《白癡》、托爾斯泰的《安娜·卡列尼娜》或是福樓拜的《包法利夫人》拿出來讀一讀，我貪享著這種為書所圍繞的深沉的幸福，輕微的焦慮，總是書太多而時間太少。

然而，總因著家裡狹小的空間，我常常要為是否買一本新書而躊躇。比如，無意間發現了一本愛蜜莉·狄金森詩集新譯本，在買與不買的掙扎中，我在書店裡徘徊再三。我已經有三種譯本，但一首詩往往因譯筆的不同而有不同的風味與面貌，何況每本詩集選錄的篇目不同，新譯本就像新詩集一樣吸引人。但是，房裡的書堆再增加一點五公分的高度，我便也多了一點五公分厚的罪惡感。

更因著不良的習性，往往誤以為買回家的書就算已經讀過了，我的眼光總是貪饞地望向自己沒有的書。因著這樣那樣的緣故，只好上圖書館去。在一個淫雨霏霏的冬日午后，最宜窩在家裡或咖啡館讀書的時刻，我卻在路上奔波，撐著傘等公車前往圖書館。公車衝出重重雨幕緩慢移過來，空落落的車廂，手拉環左右輕微晃盪，我的腦子也空盪盪，只有幾位老人蹣跚上下車。因為雨水的重量，地球彷彿也慢轉了，一切事物都以極慢速度無聲無息地在移動，雨痕不斷地自窗玻璃滑下，我想起一位愛書的朋友感慨地說：「怎麼活到只能在書堆裡尋求溫暖呢？」多麼冷涼寂寥的生活啊，卻又彷彿望見遠遠處有一盆篝火在等著……。

圖書館四周樹影幢幢，館外依舊有大小事件在發生，有時鼓聲隆隆，有時擴器嘶喊著公平正義。平日館內的書架間也是人影杳然，但不再有人在外頭等我的了，我可以安靜地繼續搜尋和閱讀，此地猶如我的烏托邦。最不能讓人滿意的是圖書館的書總是蒙著一層灰塵，只要摸過兩三本書之後，就覺得需要去洗洗手了。有些書，也不知隱藏了多少人的手汗、唾液和異味，甚至起了毛邊，像隻長了瘡的流浪狗，我心裡也發毛避而遠之。

在國家級圖書館裡，也常會聽見打掃廁所的歐巴桑閒聊，樓房價格、物價波動和家務的話題，毫無遮攔的肆意談話聲一波又一波，彷佛一陣又一陣嗆鼻的油煙味飄進來，讓人深深覺得人地不宜。就像在煮飯或洗碗之後，閱讀時若指間殘留著薑蒜或油膩，便讓人有坐立難安的不潔之感。

行走在書架之間，有時碰見有人神情靜默而莊嚴，猶如將軍檢閱軍隊一般檢點書冊，專注而沉溺，我識相地放輕腳步以免干擾。曾經有一段時間，在下班回家之前偶爾彎去金石堂，必見一西裝領帶穿戴整齊的中年男子，公事包置於腳邊，以蹲廁所之姿在國學專櫃前專心一意地看書，那種沉溺與滿足直令人讚嘆，彷彿除了書中的世界再無其他了。

最可觀的是閱報室的老人。架著老花眼鏡，雙眉緊鎖一行一行仔細讀報，喉頭永遠有一口待吐未吐的濃痰，時不時一聲驚天動地的噴嚏，狂咳，他們有著國王一般的氣勢，也有刺蝟一樣的習性。或許圖書館是老人和孤僻如我者最好的去處，孤獨而自足的小世界，與世界的運作無關，卻又能冷眼旁觀。

巷子的聲音

這是一條僻靜的巷子。每幢老公寓鐵門緊閉，像個嚴肅的老人，冷冷地看著我進出其間。

從熱鬧的捷運站出來，徒步五分鐘，來到這個安靜的地方，恍如兩個不同的區段。在這裡再聽不見車流喧囂人語嘈雜，灰泥的建物在陽光下閃著光，貓們窺探的眼睛流連在窗臺上，幾盆春花點綴著陽臺，這是小市民安居之處所。

附近的環境適合安居，也適合讀書寫字。我燕子做巢似地來到這裡，腳步輕快閃進屬於我的空間，鬆一口氣，好極了，安靜，無人干擾，開始一天的工作。

忽然一個似曾相識的熟悉呼叫聲打破了寧靜，那語氣鏗鏘而從容，是郵差叫喚某某人，掛號信。樓上隱隱約有人開窗，滑輪吱呀聲。有鳥叫得像一群快活的傻瓜，倏忽就不再聽見了。

有一戶人家的嬰兒，經常先是試探地哭幾聲，可能無人理會，他便放聲大哭，聽起來是用盡了吃奶之力，喉嚨全開，原始本能使蠻勁哭嚎。就這樣哭了十幾分鐘，終於聽到大人說話的聲音，漸漸哭聲也弱了下去。反而是貓叫得像個愛嬌的小孩，細聲喵喵惹人憐。

每週有二三天，小發財車的擴音器反覆放送「修理家具，紗窗，紗門，換玻璃，磨菜刀……」一條巷子走完了，服務項目還沒說完呢，這司傅莫非是能人高手，什麼都能修。偶爾也有收買壞銅舊錫簿仔紙的車子繞過來，一樣是錄音機不帶情感起伏的語調。每回聽見這類錄製的廣播，我就不禁要小小地懷念起鄉村走賣小販的種種真人聲音，那類似生活哀歌的各種聲腔很是動人，譬如冬夜裡如凍著嗓音的「燒肉粽」或是清晨語調似睡未醒的「杏仁茶，油炸粿」。人的溫度，人的性情，盡在其中婉曲而感心。

午後散步，樟樹吐出淡淡的清香，林蔭道上看不見的鳥群在樹葉間鳴唱，像一陣微風吹來，在枝葉間盤旋片刻，宛如一根輕柔的羽毛拂過臉龐。不旋踵綠燈亮起，一陣車潮轟隆隆駛過，遂輾碎了一個白日的好夢。

這裡最恐怖的聲音，就數刨磚打地板的電鑽聲了。乍然有一天，屋後防火巷換地磚，傳來一陣又一陣強烈震動的電鑽聲，那聲波就像一把鑽子直直從一耳刺入，在頭部迴旋幾圈鑽入腦海深處再從另一耳鑽出，不斷不斷地一波又一波，彷彿即將洞穿腦袋了，只好快快出門避難去。走在路上，它的聲波仍在身後窮追不捨。時不時有人家裝潢房子，待電鑽完工，便輪到釘槍上場，熱情洋溢啪啦啪啦又像一個個響吻，緊緊貼過來，我敬謝不敏啦，又快步逃之夭夭。

我在樓上讀書寫字，有時候什麼都想到了就是想不出來要寫什麼，只能對著電腦螢幕發愣。路過的人講手機，像突然掉落的句子，清楚明白，對他人卻沒有意義。對門有兩位老人在樓梯口吵架，外省口音忽高忽低爭著出入口的什麼什麼，不知所云罵罵咧咧一兩個小時。含著太多口水的語音就像一頁印糊的文章，讓人抓不到重點。

樓下大鐵門，重重地開門，關門。鑰匙轉動，汽車引擎發動，噗——，有人出發了。也有摩托車停下來，鑰匙叮叮噹打開樓下鐵門，然後砰一聲走進來，有人回家了。

偶爾有高跟鞋如響板般清脆踩在巷路一步步走遠了；偶爾有人下樓梯，腳步像生氣一般用力搧在階梯上，凌厲如巴掌，一拍一拍回響在樓梯間一級一級走下去。那是什麼樣的心情，一雙什麼樣的腳，穿著什麼樣的鞋，要去哪裡做什麼，每個瞬間，彷彿都有引人想像的細節。

隔著一道不到一公尺的防火巷，後面人家整個上午洗衣機不停的轉動，奇怪的是還不停在洗衣板上搓洗，不時飄來皂粉味道。中午便是炒菜做飯的鍋鏟齊鳴，拌著一種外國腔調和一個中年婦女的肥軟語氣，兩個女人在廚房裡絮絮私語。她們不知道隔牆正有隻耳朵，頗有興味聽了好一陣，雖然一時我也聽不出到底有些什麼情節，就像屋後的遮陽板滴了一個冬季的雨聲，總是誇大了雨勢。然而在門與牆之間，總藏著說不盡的故事，所以我經常張望著熱鬧的市井，以掩飾我平淡無味的生活。

沒有一點人間聲響的安靜，也是一種壓迫，久了也能把人按倒，變成一種恐懼。對一個尋求平靜獨處，張起文字想像翅膀的人來說，這些細微的世俗之聲因為相隔了恰當的距離，就像錨碇，安定了我的身心，拉住我，不至於陷入不可自拔的孤寂深淵或渺無邊際的思索虛空。

恢恢蜘蛛網

走過大樹下或是空曠走廊時，常常有蜘蛛絲忽然纏上身來，臉龐手腳感覺到黏稠絲線的糾纏，我嫌惡地出手急著要趕緊將它抹掉，就像要抹掉什麼霉運似的，但那細細的蛛絲宛如惡意的笑臉一般，總是久久揮之不去。

蜘蛛出於本能無聲無息在角落裡吐絲結網，織就蚊蠅蟲蚋的生命陷阱，它烏麻麻的緊緊盤踞在網心，耐心等候著獵物上網。蜘蛛向來令人厭惡，是個醜惡的象徵，象徵冥冥中的命運之手，干預人的生活。

命運，並非像貝多芬的第五號交響曲，響著轟隆隆的節奏前來叩門，卻如蜘蛛牽絲，就在靜靜的日常中一絲一線編織了羅網，不經意中纏縛著你，纏縛著我，纏縛著活生生的每一個人，譬如家庭，譬如婚姻。有時候生活並不是你想要的那樣，可是又不得不如此地過下去。妥協，委屈，或是無可奈何的接受，讓人感覺到無比地厭倦，無力。那一切無非是徒勞的重覆，迴旋，好比驢子推磨的人生，沒完，沒了，就像被蛛絲纏上而不得脫身的蟲子。

除了默默忍受命運的淩遲之外，難道就別無選擇了嗎？

種種的情感網絡也彷如空氣中輕細的蜘蛛網，絲絲縷縷卻是生活中看不見的鎖鏈。比如在鄉村的人際網絡，國中老同學的侄子是哥哥孩子的同學，我們一談說起來母親便說：伊的阿嬤就是烏雲啦，就住在鐵枝路邊……。一個簡單的話頭，便牽扯出一個貫穿幾代人的系譜，猶如一面蜘蛛網將大家網羅在一起。它的尖角黏附在每個人身上，讓人無處可逃。於是，生活在鄉村，彷彿有千百隻眼睛盯看著你的一舉一動，你的行止關係著父兄的名聲，這聲名又反過來約束著你。

或說不可測的不是命運，而是人性。路過大樹下，常常有毛毛蟲垂直懸掛在蜘蛛絲的一端，或忽然墜落又掙扎向上，或靜止於半空，或隨風左飄右搖，那掙扎的或靜止的蟲體似乎在向我展現著什麼。這個景象，又特別讓我想像著芥川龍之介的〈蜘蛛絲〉中，佛世尊因大盜犍陀多曾經有過一善舉，遂取來一縷蛛絲，垂向幽邃的地獄。最終，因著犍陀多的私心而自毀，唯有極樂淨土短短的一截蜘蛛絲，閃著細細的銀光，垂掛在沒有月亮沒有星星的半空中。

如星光一樣美麗的，是一夜風雨過後的清晨，樹枝或葉片之間，殘破的蜘蛛網面上凝結著露珠，迷離而抒情，讓人忘記了那些陷阱和嫌惡，像是懸垂著的一段段任人猜想的小故事，又淚滴也似的晶瑩，展現出一種脆弱、危險的美感，但這樣的美麗也像雨露一樣短暫而且危脆。正如投身寫作的人，必然都深知有時文字如蛛絲一樣纏住了寫作者的筆，讓他動彈不得；有時寫作者也得意於文字織就了一面美麗的羅網，雖說那絲線是從苦痛的煎熬中提煉出來的，卻也是一字一字地救出自己。

等車時偶然一抬頭，看見公車站頂棚上一隻蜘蛛沿著蛛絲歡樂而無畏地上下左右移動，像個野小孩四處偵探什麼似的，又似帶著惡意的笑容，或遠或近地窺視著我。

燕子飛

曾經，一時興起，我沿景美溪河堤騎腳踏車去上班。太陽已經升高，晨間運動人潮也退去，車行中有時眼前倏然有黑影掠過。

那是燕子急速飛過。燕子飛過，毫不遲疑，切開猶清涼的空氣，給我帶來一些些驚愕。彷彿是春日驚紅駭綠中一個漆黑的逗點，沒有多餘的渲染，燕子是眼光的一個停頓，也像個疑問句「咦？」一聲就閃飛過去，牽引我的眼光投向煙藍的天空，在翠亮的枝葉間梭巡，而牠們已向四面八方飛去。

似曾相識燕歸來。每年，燕子像去長途旅行的朋友回來了。牠們避冬之後，是如何飛回到舊巢的呢？農村的瓦厝，幾乎家家有一窩燕巢。老人家認為燕類築巢於門庭是吉祥徵兆，幼年時，老家的廳堂上，父親還用紅綢將燕巢托住，以免泥粒和枝葉築成的巢穴崩落下來。

巢穴裡一定有一窩雛鳥，燕子是勤快的捕手，只要在飛行中張開口，便能把空中的蚊蠅昆蟲收進嘴裡，帶回來餵養嗷嗷的幼雛。一日裡盡在空中飛來飛去多好啊，不用擔負什麼責任，沒有拘束，有充分的自由。只要飛，一直飛，好像要飛出天空而去地飛翔，這樣多好啊，我總是這樣想。

而農家子弟從小就要分擔責任，要照看剛出生的豬仔定時吃奶，餵雞養鴨，要替阿祖阿嬤跑腿當小幫手……。小學六年級時，我和同學沿著隘寮溪河堤騎腳踏車直到山地門，大武山遠遠在前方，吸引著我們向前去。到了水門口我們看見雜貨店掛著各色俗艷的編織品，路上往來的多是皮膚黝黑眼睛發亮的「山地人」。我們東張西望，陽光刺眼，抬頭望了望高山，不敢再往山裡去便回家了。如此往返費去一個白日，回家後慘遭母親痛打一頓，理由是四處亂跑。

不能到處亂跑，我多麼欣羨燕子的自由，遷徙和飛翔啊。於是，對不知名的遠方的嚮往，對於大山背後的好奇，期待著某種不一樣的生活，像春燕的呢喃一樣淡淡來到我心中。

那不一樣的生活將是什麼呢？我無聊地望著燕子穿梭，想像遠方。比如在暑假，阿嬤曾帶我去左營探望姑媽，並讓我留下來陪姑媽住幾天。雖說嚮往遠方，離家的頭幾天夜晚，就因想家而一直哭泣。

就像現在，一直想像著遠方，卻又戀家。到底是留戀著什麼呢？

有時，燕子停佇電線上，理理羽毛，彼此說些人們並不懂的話語。偶爾我也停下車來，在樹下靜坐。不知從何時開始，我已不再想像鳥飛於天，魚泳於海的滋味了。新葉亮狠狠地綠，挑釁我的惰性與馴服，撩動沉埋的飛翔想望，但那想望如今已是一件不合身的衣服，磨擦著臃腫的身心。

年又一年，燕子去又歸來，什麼都改變了。當燕子穿過陽光飛掠而去，我忽然感到自己彷彿是個廢棄的舊燕巢。

捷運站出口

陰晴不定的天氣，忽然下起暴雨。在被淋溼之前，我趕緊躲進捷運車站裡避雨。稀稀落落的乘客走來走去，眾人身上裹著厚重的衣物，似乎不勝沉重而步履蹣跚，就像廣場上一群胖乎乎的灰鴿子。

午後三點鐘的車站內燈光暗淡，有些昏沉，有些寥落。三五分鐘就有一波人潮湧現又散去，總是有人在角落等人，有二三組人在談話，像無聲的電影過場，也像一場無夢而不安穩的午睡。

等雨，最是無聊難耐。隱約還聽得到雷聲，雨似乎下得更猛烈了。信步來來回回走著，細細瀏覽，冷硬的地下廊道，幾間不景氣的商店，綠色盆栽一息懨懨。這個捷運站，曾經有多少日子，我在早晚的尖峰時間從八號出口進出。辦公室在離捷運站不遠的一棟新落成大樓，室內四處還聞得到水泥的腥味。偌大的空間裡使用的是可隨機組合的書櫃和辦公桌，透露著尖銳的不穩定感。最惱人的是空調系統，陣陣不祥的強烈冷氣降臨，簡直暗喻著一波又一波令人沮喪的經濟不景氣。冷氣不論寒暑，不均勻又帶潮溼氣味不斷地吹送，不久後風口下的位置，有些換了新面孔，也有同事將出風口堵死，更有人穿上連帽衣或用圍巾包得像阿拉伯人。

通常中午十二點之後，辦公室裡就空盪盪像一片暫時叫停的戰場，桌上紙張卷宗是一面面的偃旗，電腦螢幕如息鼓，座椅轉向左或向右是無人的壕溝，若有一兩人還伏案作業那必定是新近「中槍」的苦主了。牆面架立一排排的參考書籍，宛如老闆肅穆嚴峻的臉孔俯看著，偶爾有一兩支電話響起來，叮鈴鈴無著無落地悶響。我總是匆匆吃過便當盒，快速逃離辦公室。

為了避車煙和大太陽，我走下捷運站從三號出口去古亭市場買一兩樣青菜；通常在搭車或走路的時候，需先擬好當晚的菜色，中午時將食材備齊了，才能放心再想其他。偶爾下班時買七號出口前的李嘉興板鴨店的熟食，回家再炒兩樣青菜，這是兼顧家人飲食最省力的方法了。

偶爾也在公司附近的小飯館用餐，曾遇見兩位後中年的男士，看來是頗有品味的穿著與風度。兩人安閒對坐吃飯，不談經濟政治，也沒有幹譙政府，時或淡淡地交談兩句鄰桌也聽不清楚的話語，像一對情感內斂的兄弟，但又比手足多了些某種情誼。這樣蘊藉溫雅的互相對待，實屬時下罕見的人世美好風情。

曾經有那麼一天上午，上班路上一位男士面帶善意一直對著我微笑，我苦想著他誰啊？每日的倦怠形成我的冷漠無感，我相信自己當時必定沒有好臉色，他的面容一下子黯了下去，臉上浮出一種像被人當面拒絕了什麼的尷尬，低下頭去發動摩托車。我疑惑著與他錯身而過，看見他機車後座沾染麵粉的箱盒，往前拐過街角，才猛然想起他是市場裡麵條店的老闆，不免使我感到小小的抱歉。

不去市場的時候，有時帶一本詩集到公園裡讀詩。多少詩人把光陰鍍成了黃金，群鳥唱歌，樹葉颯颯擊節稱賞，和諧了頻頻啟動的公車引擎聲，也柔化座椅上老夫妻彼此的喝叱聲。從公園回望工作所在的大樓，在陽光中映爍著灼亮的光芒，但它的內裡是冷寂的，殘酷的。那燦亮的光輝，實際上是酷暑中氤氳蒸騰的海市蜃樓，在我心底卻是一片荒蕪。

也或者，巡過牯嶺街上兩三家舊書店之後，順道走進附近日式宿舍的安靜巷弄。紅磚牆黑瓦半傾頹的房舍，沒有了電視新聞或連戲劇的聲響，樹木多了些橫出的枝條，日蔭薄暗處盡是滄桑之感。苔痕，鏽跡，遍地野花蔓草，荒寂的庭院，這些無用的東西總能打動我，因而生出戀戀難捨的心情，微雨中走在這些小巷裡更有幾分稀微苦澀的美感。幾成廢墟的屋角有時竄出三兩聲貓叫，如此防衛，如此淒厲，圓睜的雙眼看來充滿表情。我小心閃過，不去逗弄安撫，唯恐觸動牠們隱伏的傷痕。

如果，走上六號出口，就近的大樓裡有「萬卷樓」的簡體書店，或是到麥當勞地下室的金石堂翻看新出版的圖書。如果，只是想休息無目的地閒逛，那就從五號出口走，路上有伊卡的窗簾布品，進去摸摸棉質的布料，看看美麗的花色也真能讓人愉悅。再一直走，經過空中美語教室的門市，每個月記得給女兒買一本英文雜誌。又往前走，金山南路口左轉，若碰巧「不一樣饅頭」剛好出爐又沒有人排隊，就買幾個，然後拐入迂迴的小巷。雖是平凡的巷弄，尋常的公寓陽臺探出頭來的花朵，普通的主婦老人腳踏車，鐵窗裡的曬衣竿，深巷裡總會有一棵特別茂盛的桂樹九重葛等等，都是看之不厭的活生生風景。這樣午間半小時餘的漫步，彷彿就補給了足夠的能量，足以讓我回到冷硬的辦公室再拚搏一番。

紙上的拚搏工作，常使得眼睛極度疲勞，這時候我習慣從八樓的窗口眺望樓下的南昌公園，看參差翠綠的樹冠，穿制服彎腰工作的清道夫，看遠天的雲卷；年輕時常常唱：我是一片雲，天空是我家；如今主唱的鳳飛飛也不在了。看看周邊雜亂不堪的老建築，那些突出斜掛的鐵窗紛亂的線條往往才是生活的真面目吧；遮住視線的是新建大樓的鷹架，只見工人如螞蟻一般爬走在腳手架上，高空吊車緩緩移動著，謝天謝地，那支怪手搆不著白雲。

有時路上傳來嗩吶的葬樂，孝女白琴的哭調，一長列黑色轎車、裝飾著霓虹燈管花車的陣仗緩緩行進。莫非是亡者對俗世艷情最後的留戀，死亡的悲傷也充滿了活力，一路吹吹打打的熱鬧像一隻猶豫的蜈蚣蜿蜒而去，孝幡在微風中輕輕飄動。而眼前的公園，曾經是百年前臺灣總督兒玉源太郎「古亭莊外結茅廬」所建立的南菜園，營造他「三畦蔬菜一床書」晴耕雨讀的理想。那一切，如今何在？俱往矣。再過幾年，我又何在？肯定也不會在這裡了，但是我還要進出多少趟捷運站，存下多少備糧，再喝下多少杯咖啡提振自己，在窗前眺望多久，忍受多少次胃痛，才能抵達我的想理生活？偶或一陣風吹來，讓人感到自然舒暢極了，但同時也發覺又陷入對自己莫名的惱怒中，疲累的雙眼彷彿也因此更加酸澀了。

眼睛酸澀，肩頸僵硬，是同事們共同的痛，辦公室裡大家互相刮痧按摩推拿點穴都只是救急，至於各人身上的宿疾，人人似乎都有一套方法，藉著運動，中醫，西醫，民俗療法來對付。周日練太極拳的教室要從捷運站二號出口走同安街右轉廈門街。練太極拳實在說來是辛苦吃力的運動，每次每次老師不厭其煩的提醒：肩膀放鬆，放鬆，放鬆。大家的肩頸彷彿已被水泥凝固了似的，再怎麼努力放鬆都無法鬆懈下來，現在想來不免覺得可憐又可笑。

雨仍然下著，看來一時是不會停止了。時間如人潮流去，或許是寒冷的緣故，車站內看起來更陰晦溼冷了些。

踱步來回，再次抬眼環視四周，望見一個帶著小孩的老婦從巨大陰暗背景中緩步走出來，一路對著人影或是空氣喃喃述說著。我在一旁撿拾到她的隻言片語，那似乎是一個女人對另一個女人的惡毒咒罵，一個不被理解和尊重的老人的怨嘆。也許是獨白，也許是發洩，總之她一直說。充滿恨意的言說，可能是她唯一可能找得到的出口了吧，不管有無聽眾。

而那孩子在甜甜圈商店門口徘徊，抿著嘴瞄了老婦幾眼，想說什麼又懂得安靜。想來在老婦人的生活中必然有一齣又一齣的悲情連續劇。曾經，我也幾乎陷入同樣的情狀，粗礪的生活像是一場醒不來的噩夢。曾經，我在路上瞥見櫥窗上映著自己扭曲醜惡的臉容，沒有出口的怒氣籠罩著我，就像一個人走不出自己的傘下一般被拘束在怨怒之中。

老婦的面容如發餿皺扁的麵包，那是她生活的顏色，也是我的一面鏡子。庸常的人世裡，愛與被愛，自我完滿的能力，竟也像冬日陽光不可多得，但願受苦者都可以快步走過生活的荊棘地。

車站提供過路，我是匆匆的路過者，車站內的走廊和行人，商店和透明的服務站，如今都透著奇異的熟悉感。而那些記憶中的人事物，那些匆忙的腳步，也已遠遠退到陰暗的背景裡，就像路上消失的雨聲。

凝睇

那是一個安閒的星期天。在一個聚會的場合，飽餐之後的餘興，在一陣又一陣的喧嚷之後，三人忽然站到一起，安靜下來的幾秒鐘內拍下了一張照片。

照片中是老先生，小佩和我，背景是一面牆。面前餐桌的凌亂和狼藉，隱而不見，細節都在三人的臉上。三人屬於三個年齡層，嘴角上揚的弧度也依年齡遞減，呈現出三種風貌。彷彿時間的陰影一步一步走過的痕跡，雖是一張尋常的照片，乍見卻讓人感到一陣暈眩與震動。

照相時，也許我們曾在瞬間調整表情，擺出自以為合宜或是願意顯現的模樣。但或許這本是三人平常的樣子，只是不自覺罷了。

老先生看不出有特別的表情，一身硬朗彷彿銅皮鐵骨。檜木老櫃一般的膚色，顯得精實，骨感的臉頰，呈現出不同一般的意志力與堅忍，帶有一種凜然的氣勢。一張受苦的臉龐，似乎在一剎那間有些笑意而最終還是沒有笑。彷彿對世事了然於心不再抱有期待的淡漠，但不掩好奇的雙眼，像龍眼籽一般閃爍著精光，隨時靜靜地觀察著四周人事物。一襲耐洗耐磨的白襯衫，也和他的面容一樣堅忍著命運的搓揉。

哎，我真希望能更準確地描述那一張飄忽著滄桑和憂傷的面容，有時簡直像一個謎面。

小佩青春的面容，像裝在玻璃器皿的當令水果，新鮮而水靈，甜滋滋的，那是沒有喝過人生苦汁的甜蜜。

而我自己呢，中年照相，如芒刺在心。

最刺人的是那一張不快樂的面容。照片中顯現的抑鬱不歡教人看著心情沉重起來。我總不相信須臾鶴髮亂如絲，但事實如此，好像還來不及享受夠年輕，忽然歲月已經暗渡，就在忙啊忙，忙啊忙的時候，時間已拔腿向前狂奔而去。總以為自己還是年輕時候的樣子，也許是三十年前的模樣吧，照看鏡子時，臉上多餘的脂肪和一層薄紗似的褐斑，總讓我覺得如此陌生而且不悅，致使我常常躲避照相或照鏡，以免時常受到驚嚇。

年華大片大片的擲去，猶如絲綢從指間滑落一般流利，能把一切的責任都怪給時間嗎？許多妥協，一些放棄，疲倦，無趣，像一件件衣服緊縛在身上，形成了如今的我。我讀著照片試圖解析其中的信息，當我皺眉面對生活，面對鏡頭，如同失了水分的果子，我已不可能再笑得像小佩那樣甜蜜了，而正如老先生常常感嘆的：彼蒼者天，何以老到不堪入目了？或許他的喟嘆比我輩所能理解的更為複雜。

久久看視相片，揣摩其中淺淺的消息，奇異地有了一種反轉——相片中的三人正以六十，五十，三十歲的目光，帶著他們本然的神情，似笑非笑地凝睇著我。

午睡之後

午後懶睡。醒來，張眼巡看房內四周，忽然覺得像是迷失在一個陌生的地方，感到強烈的孤單，孤單得快要掉下淚來了。

樓下的公車摩托車一陣一陣的聲浪直奔前去，間歇時遠處的狗吠聲更顯得淒楚，房間有如深井般封閉，靜寂緊緊圍繞在四周，絕望如一席薄被覆蓋在身，竟致使我臥躺在床起不來，深沉的靜彷彿如冰霜將我凍結了。

我害怕身體就這樣凍結了一般難以動彈，卻又清晰地感受到時間一分一秒移動遠去，如遠去的車輪。窗簾的縫隙可以看見陽光轉身一步步退走，四下空洞，昏暗漸漸湧入，只我一人被扔在這裡。

像是迷途的人，我四顧蒼茫。我命令自己立刻起身，但身體並不能離開床鋪，內心一再催促自己，起來，起來啊。要收拾的衣物，一落一落的書冊，要做的工作，想要食用的茶水果物如此歷歷在目，卻又如此不可及。鬧鐘滴滴答答不停轉動。

每在這樣的時刻，我總幻想著拍動一對隱形的翅膀高飛，飄升到半空，遠遠俯視著床上的自己。當環境變得無可忍受，無可理解，或是無法超越困難時，讓自己的神思從高處默默地俯看這一切，高度與抽離的空間可以提供我必要的思索與庇護。

我有些哀傷地旁觀著床上的自己，正在承受一場反覆了幾十年的午後夢魘，意志與軀體的猛烈拉扯。

想想看，多少年了，我很少有空閒可以好好躺下來睡個午覺。舒適地躺在床上午睡，就像是眼前吊掛著的紅蘿蔔，而自己就是那拖著石磨的驢子，永遠追不到它。下班回到家，從不在沙發上先坐下來，因為一旦懶坐下去，恐怕九牛二虎也拉不起來了。那麼，接下來損壞的會是一頓晚餐，一個夜晚的時光，與每日忙累之後剩下的一點點自我。

俯視，我也看到很久很久以前的一個女童。

熱天午後，太陽暴烈如猛虎，時間總是特別漫長而恍惚。矇矓中，聽得見鳳鳴廣播電臺的歌仔戲，阿嬤坐在藤椅上慢慢搖著扇子，有時也拍趕一下蒼蠅，或許也打了瞌睡。不久前我用透明塑膠袋捕捉的幾隻肥胖的蒼蠅，仍在袋子裡營營地拍翅，徒然地衝撞著。

午睡之後

我午睡醒來，仍舊躺在床上，有時稍微移動手腳觸摸微有涼意的蓆面。烈日和炎熱沒有傷害到我，卻來有一種孤單，遙遠的感覺，潛藏著微小而深刻的恐懼。勉強睜開眼睛，望向四周，一切彷彿凝固，時間靜止，聽得見自己的呼吸聲，似有若無什麼的影子在四周快速游走。像做過一場噩夢，離了水的魚似的乏力地平躺在床上，但是我並沒有做噩夢，沒有，只是感到極度的孤單心慌罷了。

心慌什麼呢？因為炎熱，我可以想見街路上沒有行人，連一隻狗也沒有，炙烈的陽光會使得一切事物顯得白花花一片，好像隨時都可以蒸發掉。

太陽像老人的腳步一樣很緩慢。照進屋裡的陽光慢慢變得有些陰陰弱弱的，影子拉長傾斜，蓆面也更涼了些。恍恍惚惚似睡似醒，有時閉著眼有時睜眼四處望著，陽光曖昧含混地移動，四肢也像水槽邊蔦蘿鮮綠花莖的觸角，一點點一點點往前伸展。

直到麻雀燕子又出來聒噪，四鄰童伴的喊叫也清晰可辨，但我無意也無力起來加入他們。再過不久，轟炸機似的蚊子大隊也要出動了，該起來了，起來了，心裡想著，命令自己該起床了，卻像貪戀草蓆的涼意，始終像隻懶貓賴在床上。

那是我有生以來最單純無憂的時候了，只是當時並不知道。

到了高中時期，每個月總有那麼幾天腹痛難熬，一回被送到保健室去躺著。恍惚中白牆上有樹影搖曳，時光似乎停止了又彷彿漂流著。那時候心想：在這麼美好的時光裡躺在保健室裡真是世界上最讓人傷心的事啊。起來，起來啊，卻又一直動彈不得。眼看著天色一直一直暗了下來，最終只剩下懊悔和無可發洩的惱怒。

就在那樣的懊惱中，我聯想起國文課裡才讀到的唐詩：夜深忽夢少年事。而，自己彷彿也有一些微酸隱痛的小小心事更向誰人說去？

但這似乎是過早地悲傷的似水華年，悲傷的少年無事可夢，究實哪裡識得時光的辛酸苦澀呢。

有時不免要想：如果這一生可以重來該多好，我就不要再這樣浪費時間躺在床上，什麼事也做不了。常常有某些片刻游離了現實，好像自己什麼都不是，不再有婚姻，不再有小孩，只剩下一個開始老化的身體，甚至躺在這裡的都不是自己了。

鬧鐘仍在滴滴答答，窗外還是響著公車機車狗叫聲。隱形的翅膀褪去了。時光一再更新，看來我並未因歲月的經過而解除午後的迷失感，今天的夢魘只是抄襲著三十年前，甚至四十年前熱天午後，空洞，飄浮，懊惱。

明日黃花

記得無論絲瓜小黃瓜冬瓜苦瓜刺瓜，都開黃色的花，小黃花美得很簡單很明白，招引蜂蠅蝴蝶螞蟻嗡嗡營營在花前花下顛倒夢想。

這些小黃花總是特別醒目。在很長一段時間裡，只要我回想起兒時的鄉村生活，眼前就會浮出瓜藤上三五朵的小黃花，映在一片淺綠濃黛的背景之中搖曳著。那種充滿生命活力的黃顏色，變成了記憶深海中的一個亮點，遙遙地頻頻向我招手。

順著瓜藤的攀緣看下去，在那還不知世道艱難的年紀，總以為有瓜棚豆架之處就必然是豐衣足食的地方；有黃墩墩稻草堆的地方就會有雞鳴，狗吠，孩童的嘻笑哭鬧，一個小農家日常的樣貌與聲音。那一片屏東平原的太陽總是金光燦燦，四周蒸騰著稻草曬足陽光和泥土乾燥後的氣味。蒼蠅飛來飛去的營營聲，也喚起酷熱煩躁的感覺，屏東的酷熱就需要冰水和西瓜來解。在有一棵黃槿樹的剉冰店，夏天我們吃過了仙草冰，撿起剛剛掉落在地的黃槿花，黃花純淨如童年，偶爾會有一兩隻螞蟻還在花上摸索著出路，我們剝開花瓣放在圈起的手上打下去，「啵」一聲，黃燦燦的響聲像極了快刀切開小玉西瓜的脆響。小玉西瓜的綠皮上分布著深綠不規整的條紋，猶如有心又像隨意描出的墨痕，剖開來是鮮黃多汁又清馨的瓜瓤，原來夏日清涼的奇蹟和秘密就藏身在縱橫的墨綠線條裡。

蟬始鳴叫的時候，也是芒果成熟時。遠遠望著結果纍纍垂掛著的芒果樹，腦海裡浮現的是一位胖墩墩的母親，身上拖著拖著牽著大大小小一群孩子的形象。土樣黃熟了的氣味最是吸引蒼蠅和餓鬼似的我們小孩，吃水果總是在果樹下隨人吃到飽，殊不知來到城市任何水果都是論斤稱兩地買的，要小口小口斯文地吃，唉，真不痛快。

最縈人心懷的是散發馨香又黃澄澄的香蕉。閃亮著金黃光芒的香蕉，它們可是躲過颱風的摧折，抵抗了象鼻蟲的蛀蝕才存活下來的，那是農家活命的黃金。清甜的香氣洋溢著豐收的喜悅，然而隨著農作豐收而來的卻常常是滯銷，青果合作社不收購了，於是一牛車一牛車採收下來的青綠香蕉就堆在門口埕，任由它們一天天慢慢轉黃，慢慢長出點點的棕斑，慢慢變成熟爛的黑棕色，蚊蠅瘋狂翻飛其間，之後一畚箕一畚箕被倒到牛圈裡做堆肥。我們默默有些難過做這些工作，父母親承受了損失也無言語，猶如承受風災、水澇和乾旱一樣只能看天嘆息，然後又開始盤算著下一季要種什麼才好。他們的堅韌，真如牛車路上綿延地百折也不屈撓的牛筋草。

當年父親和我帶著綠白相間的帆布行李，在村裡的車站等客運車。有鄉親向父親祝賀：要帶查某子去讀大學啊，真福氣喔。父親有些得意，有些赧然地笑笑，就像人家讚美他田地裡的農作物一樣。對號快火車八小時的路程，途中父親買了火車便當，在一盒滷肉豆干暗淡的顏色裡，閃跳出一片鮮黃的醃蘿蔔，一朵小黃花似地裝飾著飯菜。母親總以她有限的健康常識一再告誡我們不可吃染色食物，父親卻是百無禁忌，滋滋有味地咀嚼著。父親一路上看著車窗外，目光隨著那一片平原望去，微笑著斷斷續續數說那些土地上的作物：「那芎蕉吐花了，……這稻子可以割了……，那一畦一畦的是土豆，茄子，也有人養魚仔呢……」彷如叫喚老友的名。也曾有那麼一時片刻，他神情鄭重，似乎想要對我說點什麼又好像沒有。村子裡的老人形容父親每天的勞作，就像一個永不疲累的鐵人一樣，漢草好又骨力。而此時，鐵人的雙臂因長期在烈陽下曝曬，浮出點點鐵鏽般的汗斑，如過熟的香蕉皮上冒出點點的棕暗色的斑點，我也想對父親說點什麼終究又不知道要說什麼。

年輕時，總覺得金光閃閃的金飾實在俗氣。結婚的時候，母親從鄉下帶來金項鍊、手鐲，這些首飾披戴在身上，俗麗到極點。但是在這一天，因為母親歡喜，父兄歡喜，我也滿心歡喜任由母親一一為我戴上。黃澄澄的首飾，彷彿父母長滿老繭的雙手種出來的金黃飽滿的稻穗，黃色花環一般圍繞在我的頸項和手腕上，我想這是農家女兒最豐美的嫁妝了。這些金飾握在手裡沉甸甸的，作功樸拙，不如百貨公司裡精巧的金飾，設計感強，圖案美麗，但是斤兩少了，都市人的情意也像打薄的金片似的脆而易斷。

在黑暗中，黃色特別醒目，據說黃色攜帶著太陽的能量，是光譜中最快樂的顏色，可以消化憂鬱和沮喪的心情。在不快樂又有點憂傷的庸常生活中，我多麼希望如黃色一樣具有脈動的能力，讓身體裡斑駁的生命記憶蘇醒過來。而像我這樣一個平凡無趣的人，平時總穿著黑、白、灰，或是褐色等等安全色系的服裝，曾經，非常渴望買一件黃色的，一件彩度百分百像熱帶夏日陽光扎人眼睛的衣衫。我試想穿著一身火似的黃衣上街，上班，把自己像顆炸彈一樣扔到街路、辦公室去。當然，那也只是一時的狂想罷了。

記憶中那一抹清亮的黃，仍然時時吸引著我。過年時節特地買一盆黃菊花，也是新年新氣象，明快簡潔清亮，在春節期間陰鬱的天氣裡，藉以醒目醒神。到了四月黃菊仍開出十餘朵花來，在早晨陽臺上溼潤的氛圍中，撥弄間菊葉散發出沁鼻的氣息，一簇一簇的鮮黃，觀之不厭。依稀一股離騷，陶詩的精神湧動其上；依稀一股古早時代的什麼在召喚著。

無業手記

終於，我開始了無業的生活。

起床後，我習慣性地去開電腦，收E-mail。一日巡九回，沒有人寫信給上校，當然也沒有人寫信給我。離開公司前的一兩個星期，仍是一片忙亂，本來想好好地和同事道別說再見，好好坐下來和家人吃一頓飯說明我的心意，感謝大家包容我做這樣任性的決定，但是背後好像有一隻無形的手催著人走走走。竟連這麼做的氛圍和時間都還沒準備好，我的遊民生活已經開始了。就像一場賽跑，沒有開跑的槍聲，大家便各自紛紛跑開了。

一時不用匆忙吃早餐趕車，送走上班上學的人之後，自己像是逸出軌道的游離份子，猛然心虛起來。於是，我打了幾通電話給「資深遊民」朋友，共商遊民生活大計。張阿義說了，就他所知道的，閒閒在家的人都很苦悶；劉哥勉勵道：每天一定要留一點時間給自己；和白琴約了吃飯，她的良心建議是千萬千萬不要一直悶在家裡，又提供了幾條臺北市區腳踏車野遊的路線。回家後我開始整理桌子書架，咦，怎麼每本書和小東西都蒙了一層灰。

在壯盛如夏的那些年，我放棄了許多東西清貧過日，不買新衣、不燙髮、不出國旅遊，沒有娛樂，三千五千元積累著，這些數字孵育著我小小的美夢，醞釀著一個理想生活的藍圖。現在，有時睡了一覺醒來，在涼涼的床上懶懶聽樓下小吃攤鍋鏟碰撞的聲音，嗅聞飄上來的烤香腸的油煙味，他們生意做到半夜哩，路上還有許多摩托車、汽車轟隆轟隆急駛而過。你或許會說我是太好命了，是的，沒有老闆與數字的壓力，沒有開會和工作的疲勞，這種彷彿偷來的快樂讓我幸福到幾乎要羞愧了。在不景氣的時節，大家拚了命在工作，我竟然不計後果放棄工作，無業卻可以安睡。

因此，常常我覺得自己實在不是一個賢內助，在這樣困難的時候，我卻嚷著要休息，要過自己的生活，沒有共體時艱還去參加寫作班；寫起文章卻像走在石子路上一般，在字裡行間跌跌撞撞。我並不懶惰，也很知道錢的好處，但不勤奮於工作賺錢，對實際生活用度不擅於打算，更不耐煩記帳。我以野菊荒苔來鑄錢，只買清愁卻不能購屋置產。有時，我在連鎖咖啡店裡看著三、五圍坐的上班族男性，想像著他們的妻子在家中如何打掃、燙襯衫或工作的影像，奇怪，我寧願坐在咖啡館發呆，而不願意去工作。你總是說我缺乏現實感，只活在自己的世界裡。不然，我應該活在誰的世界裡？

人到中年，從職場中退下來，卻依然感到時間的壓力，日子依然似箭如梭不著痕跡地飛逝，感覺上我只是在休長假，還沒有真正從工作中放鬆下來。在廚房裡準備中飯時，我想此時辦公室恐怕正忙著呢，而今我卻在廚房裡刨瓜皮。不騙你，從廚房的油煙到廁所的汙垢，該擦、該洗、該整理的大小物件，從天明到天黑做到腰直不起來也做不完。但是，我的抉擇又豈是為了成為吸塵器或是一塊抹布？

在暑氣蒸騰的大熱天，屋裡只開了小型的大同電扇，我清清楚楚感覺著汗珠自頭皮上冒出來，從腋下一滴一滴往下流的汗珠，感覺著血液和汗水的流動。女兒寫一寫功課，過來找我說話，我們在床上滾一滾，然後就睡著了。女兒要為明年的基測做準備，我所能做的也只是為她準備三餐，陪她聊聊天，抓抓癢。開學了，去學校參加班親會，有人問我在那裡高就，我略略遲疑了一下，想像著她們聽到我的答案時，會哦一聲然後無趣地轉過頭去？還是會勉強露出同情的表情說很好啊，可以休息一下。那時，老師在臺上找人做會議記錄，「來！來！柯媽媽在出版社工作，那就麻煩妳幫我們做記錄好了。」我也不多加解釋。

蒙舊日同事不棄，外接了編輯工作，工資等同於麥當勞工讀生的鐘點費。我還是必須藉由工作才能稍稍安撫不安與恐慌。而我去修剪頭髮，二十分鐘，付費四百五十元。有時候我停下手邊的工作，抬起疲倦的雙眼望著天空，想想這到底是怎麼一回事，為什麼我的工作這麼不值錢。經過商店門口時，我刻意去注意有無張貼招募計時人員或是二度就業的告示，上面的年齡上限就像一道牆堵住去路，我已經連當店員的資格都沒有了啊！雖然不能以年輕和美色取勝，但是我有力氣，會做很多事，我有社會經驗、有方法，懂得進退應對。哈！不用是你們沒福氣。

之後，我自告奮勇跑了大半個市區的幾處衙門排隊辦理遷戶口、銀行貸款塗銷、房屋火險、退自來瓦斯等等不可不辦的瑣事。在這些場所裡多的是填表格需要在身上搜尋老花眼鏡、手沾口水數鈔票的老人，之前正是有長輩擋掉了這類大小事情。生活裡除了在提款機前按鍵付錢之外，原來還有許多必須人在現場才能辦理的事項。上班的時候，處理日常瑣事總是要快快快，現在我才開始在市場細細比較菜價，注意水電費、瓦斯費的起伏，在超市選白米。颱風已經過去很久了，菜價還降不下來，小黃瓜一斤九十元，高麗菜八十元，青椒七十元，蔥根本不必問了，連一支芹菜也要二十元哪。

入秋了，陽光轉為薄薄的薑黃，這時候的空氣裡應該有野薑花的香氣，才不負秋光。在鏡前梳開頭髮，黑髮中有幾莖銀白閃亮，悄然如歲月的憂傷，在身體各處留下秋天的痕跡。胃又隱隱痛了起來，莫非我的胃也知道今天是星期天的夜晚，習慣性地要痛起來。

看過幾處西醫，無從查出「痛」的原因，於是轉而去看中醫。依老醫生的診斷：虛、冷、氣血不足，腹內瘀血。原來身體內裡也變得如此抽象不可捉摸。身體整療的師傅一按壓我的身體，便驚呼道：嘿，你很拚哦，拚得筋骨這麼僵硬，你是做水泥工的哦！……你剛從北極回來嗎？體內寒溼氣這麼重……，以後儘量不要待在冷氣房裡比較好喔。老醫生還特別交代不要再喝咖啡了；可是醫生，不喝咖啡我整天都想睡覺耶。想睡就睡啊。可是……

可是，我很上進。我要一天都精神奕奕地讀一些書，寫幾個字，背幾個日文單字，做些工作。我喝咖啡依然是大口牛飲，用它來提神。「閒」有時候也像一杯黑咖啡，喝起來是苦的。有時我竟還受到工作的誘惑，甚至違背了離開職場的初衷，工作量不少於上班時。

連續幾個星期上圖書館去，在這裡也有許多中壯年者無所事事地翻閱報紙、漫畫，上網查股票行情。其中一個男子，每天提著公事包在閱報區與上網區之間移動。他微駝著背低頭走路，彷如一隻鬥敗的公雞，但白襯衫西裝褲穿著清潔整齊。一臉冷白眉眼五官雖看不出詳情，想必曾經也是個規矩的上班族吧，他也是到圖書館躲避什麼的嗎？晃盪中的閒散彷如一塊新鮮的傷口，他人碰不得。一日，見他背靠著牆，低著頭一下一下如鉛錘重重地撞擊牆面，像在叩問命運。

在街上走一遭，看小攤販手腳俐落煮麵、燙青菜，收碗筷；便利商店店員掃描條碼，收銀機噹噹響；快遞員騎機車在路上衝衝衝；郵差挨著騎樓送信，中藥鋪的老闆在躺椅上打瞌睡。百工各司其職，在某個地方有一個屬於自己的位置，曾經是一件那麼令人安心的事。向來，我在體制內被豢養馴服了，卻又被時代飛速轉動的離心力所甩掉，我首先要克服的是沒有依附在工作之下的懸浮感。當社會身份註銷以後，我還會是什麼呢？

我嘗試走一條自己喜歡的道路，摸索著，冒一點點險，忍受他人冷淡的眼光。我從來就不是勇敢的人，但我是認真的。

新滋味

和女兒去一家麵館吃飯，女兒好奇點了獅子頭飯，看起來清爽可口，獅子頭吃起來也味道也不差。離開前一時興起又買了幾顆。

老闆好意問會不會料理？我說：沒有煮過耶。他說：這樣，你先用幾片薑、八角一個、金蛟蝦、香菇爆香，之後加上大白菜啦冬粉一起滾熟就成了。我想：好，那簡單。憑我多年的烹煮經驗，聽起來並不難。

我想烹煮並不難，但我對獅子頭並不熟。小時候鄉村農家沒有這道菜，婚後婆家也不好此味，再說「紅燒獅子頭」、「白菜獅子頭」之名我總覺得有點阿Q或是洩忿之嫌，也令人以為和猴腦熊掌相類，並不引起食慾。現在買現成的獅子頭來料理，只是圖個方便也是新奇罷了。廚房裡平時除了葱薑蒜，五香八角之類的調味香料不曾用過。在農村的飯桌上，白菜就是一盤白菜，高麗菜也就是高麗菜一味炒熟了，不會再有其他，更不可能考慮顏色的調和搭配。這種土法煉鋼培養出來的烹調手法，使我不懂得做奇巧細路的菜，工序繁複的菜色也敬謝不敏。

或許我太過輕率，按照老闆的說法直接做去，那白菜獅子頭吃起來淡薄少滋味，像個睡不飽的人沒有精神。後來再次，三次嘗試，自己都不滿意。在這不滿意當中，心底隱隱然一股蠻勁又浮上來了，我就不信煮不出一鍋好吃的白菜獅子頭來。上網查了作法，製作獅子頭的材料絞肉荸薺青蔥薑所有的材料都需細切，說到一顆顆荸薺要去皮切細便讓我為之感到手軟。我還是去買現成的獅子頭回來嘗試料理。

如此一再重覆煮白菜獅子頭的動作讓我想起當年在北市東區工作時，中午往往固定在某家餐館用餐，同事問我：東區有這麼多新奇的餐館小吃店，你不想一一去吃吃看嗎？我幾乎不曾有過這種念頭，在我接受了某家餐館的口味時，我就會天天去吃，直到膩了為止，那通常也是三四個月之後了。也有同事在市面上推出新飲品或舊品牌換新包裝時，一定買來品嘗比較，他說：難道你一點都不好奇？是的，我絲毫不為所動，我幹嘛拿自己的腸胃去當實驗室呢。但這也明白顯示了我欠缺冒險勇氣和動力，或許也因此失去了某些職場上的可能和機會。

職場上的挫折我銘記在心，但也沒有因此而改變自己，多采多姿的生活我負荷不了，我習慣依著自己平庸的能力處理種種平庸的工作，安安靜靜過著平庸的生活。

冒險，閃亮著勇氣與運氣，總是美麗而危險。我總以為很清楚自己要做什麼，此時回顧當年，才知道原來都只是怯懦，只是不願意走出屬於自己的舒適圈，不管事情大小，無論是一道菜或人生的抉擇，都源自個人性格的脈動。但又何以現在我可以輕易改變了這種心態，接受新事物，嘗試新味道？就像如今也比較不像從前那麼死腦筋，不再堅持什麼事情非得這樣或那樣不可，如此一來也省力多了。比如有時飯桌上少了青菜，就直接在湯裡放些花椰菜或高麗菜便是了。

或許，人到中年有些事也就無所謂了，可以承擔一些些風險，可以放鬆自己與性格賭一賭，平淡的日子裡因此也可以憑添一點「色香味」。但就在我如此執著於要烹調一種新菜色，嘗試一種新滋味，一試再試時，卻依然落入性格的束縛之中。那性格一旦卯起勁來，便要蠻幹到底。

做到底，我發現問題在於湯頭。有的食譜以雞肉、干貝去熬湯底，而我只用了開水，難怪味道單調。膾不厭細，只好依照食譜的建議來試著烹煮。

在廚房烹煮，我低著頭雙手忙碌著，往往最是腦海翻騰思潮澎湃的時候。如果嘗試新菜色，便想像著期待著它的味道；如今廚房外不再有等著挑剔的眼光，一不小心想起過往的人與事，新仇舊恨一起翻滾更迭，五味雜陳應也不過如此吧；若是剛剛離開電腦，砧板則彷彿是鍵盤的延伸，思緒仍然宛轉纏繞著未完成的文字，常有新想法和句子冒出來。就像要填補平凡日子的單調，在生活中加一點料多一點顏色，這種動作也像在電腦上往復多加一個句子或逗點，或刪去冗詞減掉贅字，在行文中享受創作的快樂。

終於熬出濃腴的湯頭，有層次的味道讓這道菜吃起來有滋有味。

有了心得之後，我又加了一點烏醋醬油和米酒，依家人的口味調整變化菜色，是煮婦的自由與幸福吧。過去，女兒在飯桌上常常吃得咂咂有聲，連連稱好，每每滿足了我的虛榮，讓人自我感覺良好，現在想來或許只是她善意地給我安慰罷了。

網路上幾個美食部落格裡，家家獅子頭裡的配菜隨個人喜好而不同，種種配料各有特色，這道菜也稱得上雍容大度了。而獅子頭果然有王者之尊，我另加了紅蘿蔔蒜苗黑木耳點綴，因而一上桌便以其「美色」壓倒眾味，成為年菜的焦點。

學會了一道新菜色，就像發現了新品種的花朵，裝飾著我的窗臺。如果生活上不去細究什麼堅持什麼，也堪稱幸福了。這滋味，這滋味直如中年人過日子，欲語還休。

畢業典禮

剛剛走到文學院荷花池，蟬鳴乍響，其響其鳴挾熱氣與陌生感轟然襲捲而來，池中荷花也為之微微顫動，噴水聲也被淹沒了，哪裡來的蟬？

你帶著朋友送的氣球忙著拍照，畢業典禮的氣氛幾近一種狂歡，處處盪漾著年輕人的歡聲。蟬聲稍歇，你說：好快樂啊。

畢業是值得快樂的事嗎？我不那麼確定。

校園中多的是像我們這樣的中年父母，老年的祖父母，帶著笑容像完成了一項任務似地歡歡喜喜來參加這場典禮。大學畢業，二十二歲，長大了，此時此刻怎麼說都是一個人生轉折點。

你或許知道也可能忘記了，三十年前的此刻此地，我的父母也來參加我的畢業典禮。

那時父母風華正茂，在這一天他們放下農地的工作專程北上，我們在文學院草坪旁的小徑上拍照，他們的臉龐因日曬操勞而發亮。在這少數他們來到臺北的時間，也不曾問過我在大學裡都學了些什麼？他們只是歡喜，也像看熱鬧似的看著身邊熙攘的人來人往，或許心裡正盤算著下午便要搭車回屏東去，豬仔不知有餵飽無，田裡還有許多農事還未做呢。

那麼，我在大學裡學到了些什麼？我的未來要做什麼呢？前景似乎有各種可能，其中有雲彩燦爛，也有閃電雷鳴。那時我並不知道自己會選擇走上一條平凡安全的小路。

現在，我還不願意回顧過去三十年的生活，不願回想其中的夢想與挫折，我努力著要繼續往前走。雖然偶爾向你提起當年搭三重客運走中興橋通學，橋下浩蕩的水流，兩岸的泥地上有人種一畦一畦的菜蔬。常在陰鬱的天色下，不同層次的綠色之中，最耀眼的是有幾片聖誕紅在輕輕搖曳著，涼涼的風從河面吹過來。不同於你每天搭公車奔馳於高樓之間的高架路面，不知道你將如何記憶這段路程。

還有聖誕節時漆黑校園裡放送的聖歌，荷花池畔聖誕紅隱約在黑暗中搖曳著，乾冷的空氣裡迴盪著杜明哥的歌聲，望著文學院大樓上閃爍的燈光，人於是清淨下來。畢業後幾年的聖誕夜我仍然穿著厚大衣，帶著圍巾回學校去，在草坪上坐一坐，領受乾冷清淨的空氣與聖歌，如接受恩典似的，讓自己沉靜下來，這是又過了一年的儀式。

也曾經因為想念而回到校園走走，以為在走廊上或某個拐角就會碰上同學鐵牛，或是阿財；但是，不會了，時光一逝永不回頭，一眼望去盡是陌生的面孔，卻是一樣言笑晏晏，那簡直要教人心碎。是以我再也不願意回到這裡，只把它放在回憶裡沉澱著。

三十年，是多長的時間呢？

三十年了，文學院的紅磚一樣沉鬱，圖書館的白牆依然潔白，但是草坪上的榕樹已經鬱鬱成蔭，兩棵刺桐珊瑚是紅色的釘子掛著那片綠色的記憶。三十春秋，豈是一瞬。三十年前，父母參加了我的畢業典禮；三十年後，同樣燠熱逼人的夏季，同樣的地點，我們來到你的畢業典禮，拍下照片，這當中似乎有什麼線索貫穿其間，連繫著我們。

三十年之後，我眉間有了深深的皺紋，而你正年輕，和其他的畢業生一樣，是一個還不知生活艱難尚未與現實擦撞的女孩。我但願你一直是快樂的。

你像快樂的小鳥急著要振翅飛去。接下來，你將會走上什麼樣路途呢？

我盡可能不去擔憂和臆測，佯作鎮定地，放手讓你飛去。

一個人的廚房

你臉上露出小狗般滿足的神情，說：這炒飯好好吃喔，是怎麼炒的，媽媽？

怎麼炒的？要我說，我也說不上來。你說同學對上次的鮭魚炒飯念念不忘，好想再吃哦。哈，你的讚美是最好的飯後甜點，但是很抱歉，我無法複製同樣的炒飯。

對於「吃」這件事，我始終相信誠如瑞蒙．卡佛的小說所說的是溫暖人心的一件「有用的小事」；也像《芭比的盛宴》中是一件大事，村民一日復一日只用清水煮醃魚克制口慾的生活，並未昇華出淨化的力量。他們信奉上帝的心，卻是在一頓一萬法郎的美食之後才豁然開朗。每每看你吃得一臉滿足的樣子，我就想起那篇小說和電影，也作為一天勞務的美麗句點。

偶爾在你心血來潮時，興沖沖進廚房說：我來，我來。然後搶著洗菜、切菜，你總是疑問：菜是怎麼煮出來的啊？

說來其實也簡單。我讀小學三四年級時，學童中午都要從學校回家吃飯。那時大人常常都還在田裡工作趕不及來回做飯，因而母親會在電鍋裡準備一鍋飯。我和弟弟各自盛一碗熱騰騰的白飯，配上從豬油甕仔挖出一些的豬油，再淋上醬油，便是近幾年大家懷念的古早味「豬油拌飯」了。弟弟喜歡吃荷包蛋，有時我會幫他煎個蛋，不久之後他也學會了。兒童旺盛的食欲是一條無所不在的鞭子，時時鞭策我們尋找飽腹的方法，你能想像嗎？當時家裡還沒有瓦斯爐，我們是如何煎蛋的呢？現在我竟一點也想不起來了。

有時母親會做狗母魚鬆給我們加菜，放學後只要看見湯盤上鋪滿魚鬆，就知道我必需把魚刺挑出來。魚鬆好吃，但細刺很多，挑魚刺需大量的細心耐性和好眼力，我真氣這種事總輪到我頭上，但還是坐下來將湯盤放腿上，一次又一次邊挑魚刺邊吃。魚鬆對我的誘惑就像魚對貓的誘惑一般自然，看來我在兒童時期就顯露了愛吃的本色。

但我是還沒學會煮飯之前就先會煮豬飼料。當年農家幾乎家家都養著幾頭豬，養豬的飼料是自家種的番薯、番薯葉煮熟後拌和餿水，頂多在母豬生豬仔或賣肥豬之前才多加些豆箍。農家早晚各要煮上一大鼎的飼料，所以常常一大清早就聽見左右鄰居和父親轉動豬菜剪的轟隆隆聲音。電動豬菜剪一邊剪碎番薯葉，一邊可剉番薯簽，一按上開關，便快速轉動起來。有段時間的下午，放學後我必須煮一大鼎豬飼料，以備大人晚上回來餵豬。現在回想起那架電動豬菜剪來，都覺得十分慶幸，那是一種高危險機器，當時只要稍有個疏忽，手跟著番薯葉往前伸一點被捲進去，那手可就絞成碎肉給豬隻添菜了。反倒是，你看看我左手食指上至今還清楚的疤痕，我發現有多個女同學和我一樣左手食指上都有刀疤，那是課餘拿香蕉刀削番薯，或使用手動豬菜剪切香蕉花鴨仔菜餵雞鴨時不慎傷手留下的痕跡。餵雞養鴨照顧弟妹，對彼時的農家少女來說都是尋常，這對於你們這個世代可能是難以想像的事了。

彼時尋常農家廚房用的是紅磚砌的大竈，最大口的竈坑是用來炊粿或煮豬飼料。剪碎的番薯葉和番薯拌勻，一畚箕一畚箕送入大鼎，蓋上大鍋蓋，大約要煮上一小時。當初我是如何學會聞聲辨味，判斷熄火的時機，如今已不復記憶了。大竈燒的是粗糠，金黃色的粗糠，輕輕的，燒起來火很旺。有時趕著出去玩，便多加些粗糠鼓起猛火，卻讓飼料有些焦味，晚上不免又引來一陣責罵；有時錯過加粗糠的時間，就得重新起火，那簡直是自找麻煩。大竈燒著火，也曾興起烤番薯，便丟幾塊進竈坑裡，但很快就吃膩了這種餵豬的白番薯。有時只好乖乖呆坐在竈坑前，望著火焰或長或短不停跳動，迷迷糊糊想些想得到的夢想，或者什麼都不想。再仔細回想那整個過程，弟弟早不知野到哪裡去了，我都是一個人在光線昏暗的廚房裡獨自作業，或許就大半天不說半句話也不以為苦。向來我習慣一個人默默做事，若是需要與人溝通協調或合作的話才覺得麻煩哩。

當年姐姐燒飯炒菜時，我自然得蹲在竈前添柴燒火，而且必需眼明手快，看準姐姐將青菜下鍋時加強火力省得挨罵。姐妹們都是這樣在吵吵鬧鬧中拿起鍋子煎匙就開始煮飯炒菜；你會以為我們在玩家家酒嗎？搞砸了，可能就是吃一頓「竹筍炒肉絲」了喔。當時，廚房裡備有一個時時泛出酸味的潘桶，用來收集洗米水、魚肚或少許的廚餘用來餵豬，挑起來的菜葉果皮則集中起來丟到牛稠做堆肥，少數的塑膠袋或紙張可以賣給收歹銅舊錫的人，和你們在學校裡的垃圾分類一樣清楚嚴格呢。

在國高中時期，阿嬤因中風行動不便，姐姐在外地上學，我常常要分擔照顧阿嬤。父親身手矯捷，常常可以抓到眼前跳過的青蛙，帶回家用繩子綁著繫在水槽邊，青蛙在水中仍然奮力張開四肢在原地游著或呆呆蹲著。我必需狠下心，默念一二三，快手抓住滑溜的蛙身一刀剖開肥大肚皮，清掉內臟，可憐的青蛙肚腹空了在砧板上還繼續跳動著要逃開。你不用啊啊尖叫好可怕，我還剁過整隻雞呢。

切些薑絲，等水煮開了把青蛙丟入鍋內，得趕緊蓋上鍋蓋以防青蛙跳出來。滾個三五分鐘再加些鹽巴就好了。其味道之清甜之美好，只有喝過的人才能體會了，但這是給阿嬤的點心。有時候煮絲瓜麵線，阿嬤和我都喜歡絲瓜，加上幾段青蔥或幾片蒜頭，那真是人間美味天下無敵啊，強烈建議你嘗嘗看，挑食絕對是你的損失。總是因為這樣那樣的緣由，一點一滴去熟悉種種蔬菜的個性與味道，比如說蔭豉燜苦瓜好吃，但就不適合絲瓜，冬天的甘藍菜甜脆，玉米和竹筍大清早採來就煮食最是美味，咳嗽時不能吃蘿蔔，如此點點滴滴一樣樣學會了料理每日的食物。

農家日常的吃食，其實很簡素，比如在田地裡的甘藍菜、白菜或是菜豆空心菜的收成期，每日餐桌上幾乎就是那些相同的菜色，相似的煮法，實在單調乏味讓人都要厭膩起來。然而母親忙於農事且要兼顧家務，對於烹調實在無力也無法講究。我到臺北求學，在外面吃了各式各樣的菜色，寒暑假回家便憑著印象變化一些新花樣，比如紅燒魚或燉肉，多一些配色或快炒青菜時加些蒜頭或薑絲提味。父親說：嗯，這樣煮比較好吃。這無疑是給我強大的鼓勵，鼓勵我大膽實驗各種食材的搭配與添油加醋的煮法。

至今我仍感到奇怪的是，從小到大逢年過節不可免地要負責燒火添柴清洗月桃葉香蕉葉等等，但是如何製做年糕包粽子捏紅龜粿，竟然沒有人教過我，而我想也沒想要去學習，說來也是個小小的遺憾吧。

幸好，從小習得的烹煮技巧，結婚之後更有大大的用處，在職場與家庭的奔忙之間很快地進入狀況。這些年的烹煮經驗，你所讚嘆的我那一雙不怕燒不怕燙的「鐵砂掌」就是這樣練出來的啊。

你或者要問：臺北的外食這麼方便，何必每天下廚呢？

因為你。只為給你一個不油膩，不添加多餘調味料，清潔的比較健康的飲食。

在我將生冷腥羶的食材，轉化為桌上飽實你我肚腹的熱食時，是勞動，也是樂趣。雖說食不厭精，但我在意的食物是生存必需品，不是奢侈品，這讓我在廚房的工作變得簡易一點。簡單川燙青菜，咀嚼菜蔬自然本來的味道，清蒸鮮魚，洋蔥炒肉片，在家裡從容吃頓清爽的好飯，帶來安詳美好的片刻，則時有至福之感。當然也有失敗的例子。用的材料不對，或者食材味道相沖，或者我在生氣或心不在焉時，往往就犧牲了食物，辜負了口腹。

我有兩三本食譜，通常也只是看看照片尋找菜色靈感，鮮少認真閱讀作法，你知道的，我無法閱讀說明書或那些指導別人如何做這做那之類文字的。實在說來，一是沒有時間那麼講究，二來也沒有耐心做細工。在廚房裡，你會拿起量杯計時器，斤斤計較於食譜上的方法與數量，但我奉行的是「差不多主義」，沒有刻意的計算秤量，憑恃的是經驗和感覺。在讀到飲食作家M.F.K. 費雪的文字：世上沒有哪一則食譜，能不受潮汐、月亮盈缺和烹調時身心狀態的影響；我微笑點頭讚同她了，尤其，主中饋者的身心狀態絕對影響家庭餐桌的幸福指數。上館子時對有興趣的菜色我也會記下來嘗試做做看，但我用的調味料僅有醬油米酒和鹽巴，一次兩次之後，終究還是變成自己熟悉的味道，就連義大利麵、日式涼麵開始時各式調味瓶罐齊全，幾個回合之後便漸漸出現臺味，我們的胃口是如此在地。

你也曾建議我買個平底鍋來做鬆餅或煎蛋，但是我一把大菜刀切、拍、剁、捶，一只寬口圓鐵鍋煎、煮、炒、炸、蒸、焖、燴、燒樣樣使得。或許你覺得無趣或太傳統，但我有意地簡化廚房的道具，一方面對於微波爐壓力鍋之類的電子產品懷有無可抗拒的恐懼與不信任感，再說在廚房狹小的空間裡也不想要再有擁塞壓迫感。

廚房裡油垢累積起來的油膩味道足以摧毀人的好心情，所以烹煮結束後，我一定把流理臺、瓦斯爐和抽油煙機擦過拭一遍，消滅可見和不可見的油煙。天氣太悶熱時，我可以搬個板凳坐在廚房乘涼閱讀，每日的那些清潔動作就不是白費力氣了。

在廚房煮飯很熱，鍋子會燙手，流理臺容易沾油膩，一日三餐分割完整的時間，彷彿是一種日常的戰鬥。廚房裡的工作瑣碎，重複，平凡，有時我確實也感到十分厭煩，但不曾從我手中端出一碗泡麵給你，是我的最低自我要求。烹調不過是生存的基本工作，天天三餐吃過了，箇中滋味留待你自己細細去咀嚼體會。

一個人在廚房進出十年，二十年，三十年，嗯，四十年，簡單零碎的材料隨意也能做出令人滿意的炒飯。就像寫作，有人說：讀書破萬卷，下筆如有神，寫作破百萬字，或許能通神吧。有趣的是，有許多所謂的「靈感」卻是我在炒菜時浮現的，不期然而然烹飪也釀造了寫作的養分。

廚藝雖是小道，亦有可觀。放下食譜關掉電視美食節目，你先走進廚房，動手吧。

聲音與憤怒

回到屏東娘家，夜裡一向是和母親同睡。鄉下夜間安靜，屋後是一片長滿雜草的空地，還有一棵大龍眼樹，我總是在草蟲唧唧的鳴聲中安然睡去。

睡夢中，忽有一陣一陣戚戚剎剎，銳刺的聲音在耳邊響著。翻過身去，又一陣戚戚剎剎，再翻過身來又是一陣。唉，勉強起來查看，原來是母親的腳一再地踢到衣帽架上掛著的塑膠袋。那種細細碎碎的異響在深夜的眠夢中，格外清楚刺耳，彷彿有人就在耳內搓揉金屬薄片也似的，屋頂上老鼠囓咬木頭的聲音相較之下都顯得溫柔敦厚一些。而且，絕對可以把人的好性情刮得一乾二淨，引爆一肚子火氣，憤憤然起身挪開塑膠袋和衣帽架，也把母親的身子往床內挪一些，再躺回床上。此後輾轉反側睡意也消減了，窗外蟲鳴稀落了些，天也快要亮了吧。

我睜著眼睛看天花板，老鼠還來回奔跑著，偶爾傳來吱吱的叫聲，掉落幾粒塵砂，這讓我想起近來母親的電話。自從知道我不再上班，母親便三天兩頭不時打電話來問為什麼不去上班呢？這樣可以嗎？解釋了幾遍了，母親似乎仍然不能理解與接受我的說法。雖然明知那當中有她深切的不安和關心，但電話裡的說話聲竟也像塑膠袋的聲響一般細細碎碎地干擾著我的心情。晨起向母親抱怨，她說每天就是這樣睡的，並不知道腳會去踢到袋子，也沒有聽到什麼聲音啊。好吧，我因被吵得睡不好而引發的頭痛，和因她的電話而來的壞情緒，一切都顯得很冤枉。

最冤枉的是，過往的星期日清晨。人還在慵懶的，溫暖的，美麗的夢土邊緣徘徊，如果是在雞啼或鳥鳴聲中醒來，即便是麻雀的嘰嘰喳喳，我都心甘情願，甚至帶著欣喜的心情被呼醒。但臺北地區大清早雞啼是沒有的了，偶或有鳥類光臨窗前鳴囀，倒像是罕得的天賜福氣。但這樣的福氣是不多的，往往是在群獸狂奔踐踏過耳膜般的驚嚇中醒來，等我辨出方位搞清楚狀況，原來是長輩在廚房裡翻查存糧。冰箱冷凍庫裡一包又一包塑膠袋包著的東西被拖來拖去，悉悉索索打開來又闔上，重複的動作，重複的魔音，狂獸已經遠去，剩下的是地上紛亂逃竄的爬蟲類在迴旋打轉，彷彿找不到出路。我完全無法猜測那些再三重複的動作有什麼意圖，或許他不是故意要擾人清夢，但那種戳穿耳膜的噪音正一點一滴消磨人的耐性。我一邊忍受著那聲音，腦海裡一邊不斷浮出長久以來生活中不愉快的場景，那煩亂的毫無憐恤的噪音把我對工作對生活的怨恨全數召回。天啊，就不能讓我多睡幾分鐘嗎？星期天的早晨哪，夠了沒啊，不要吵了，不要再吵了——我狂亂地在被窩裡翻轉，蒙著頭內心嘶喊：「能不能安靜一點？」

你說早上搭交通車上班時，本想在車上再打盹補個眠，忽然就有人吃起麵包來，裝麵包的塑膠袋刷刷刷地響著，像刺針一樣地傳過來，忽大忽小，忽長忽短，比夜裡睡覺時摩托車破空火速狂飆而去的聲音更尖銳更可惡。也有人吃完一個麵包，再吃一個，吃飽了又窸窸窣窣收拾一番，可憐的睡意早被那塑膠袋聲音翻攪成一腔怒火，心情獵人藏身在一角得意暗笑。我就說了，不是我個人太敏感，也不是我躁鬱，容不得一點不悅耳的聲音，實在是塑膠袋磨擦的聲音就像藤蔓荊刺糾纏在我們四周，它張牙磨爪四處橫行，比蟑螂更可怕更無所不在。

在大臺北地區無時無刻砰砰作響電鑽聲，你知道那是蠻橫的力量在摧毀堅硬的水泥磚頭，它明確地在某處某地有節奏地鑽動，你聽著厭煩氣惱了，走掉離遠一點便是。但是輕便的塑膠袋，在家裡，在公車捷運，在書店音樂廳咖啡館電影院，任何地方，往往忽然間就響起颯颯殺殺的聲音，鬼鬼祟祟，瑣瑣細細，磨磨磳磳，有如不願正面相對卻在背後放冷箭的小人陰笑，實在是惹人生氣又猥瑣的聲音，偏偏它又無處不在。就在它發出聲響的那一刻，我的心就像一塊硬鐵，恨不得飛砸過去，雖然明知道使它發出聲響的人們也不是故意的。

《潛水鐘與蝴蝶》的作者因腦中風而癱瘓，身體彷佛被困在重重的潛水鐘裡。他寫到自己因耳咽管擴大而受到各種噪音嚴重的干擾，飛機飛過的聲音像有人在耳膜裡磨咖啡豆；高跟鞋踩在地毯的咯咯聲，推床相撞的聲音，交疊的談話聲都使病人感到痛苦，還有打蠟機的嗡嗡鳴響更讓他以為在地獄也不過是這種滋味。在我們的醫院裡教人無法忍受也還是隨時在你耳邊響起的塑膠袋磨擦的聲音。也許是探病者帶來了水果鮮花的包裝袋，或者照顧者撥弄裝便當或各種吃食湯汁零食的袋子，稀稀岔岔稀稀岔岔，往往讓躺在床上的病人驚醒過來，有如病魔就耳邊狂譟，左右不得安寧。而那些人仍然渾然不知啊，他們無意的動作和塑膠袋所共同製造出來聲響就是別人的地獄。如此說來，我自己說不定也曾經是別人的地獄使者而不自知呢。

在一些安靜的課堂上或場合，無可避免的總有人在翻動塑膠袋。有的聲音聽來快速爽脆，可以想像那人急切且確定地要找某樣東西，動作俐落，迅速，那倒也乾脆。有的聲音則溫溫吞吞，像是猶疑不定地掏弄著，彷佛那人腦海裡也在翻動著記憶或什麼念頭。於是塑膠袋發出持續且擾人的聲音，一陣一陣又一陣，細細刺刺地刮過來又刮過去地凌遲著耳朵，不，你整個身心都被一波波的聲浪鞭笞著，一鞭又一鞭召喚出我內心的魔鬼，而那當事者還是渾然不覺的繼續翻弄。這時我真想出聲大吼：

「你夠了沒啊？」但畢竟是豎仔的我，終究也只是憋著一肚子火氣瞵睨著那其實無辜的人。

廁所與我

五十六十年代的農家，廁所多設在鄰近牛欄豬槽的地方，附近即有成堆的乾燥甘蔗葉，大家如廁時，抽出一段剝去乾葉，以葉梗來善後。人糞豬糞牛糞在毛坑裡融合，多糞肥田，一切取自萬物，還諸天地，乾乾淨淨。

但是，廁所內蛛網盤結，蚊蠅嗡嗡齊鳴，門外豬隻抬起垂著流涎的嘴巴拱拱叫，據說古時候也有用人糞養豬的做法，豬圈裡那些豬看起來真的具有攻擊性；而水肥稍滿時，低頭可見萬頭蠕動的蛆，那滿池白白的肥蛆，一直至今仍在我的噩夢中蠕動著。

當年，廁所的陰暗與偏僻，對老人家夜間解手甚為不便。阿祖房間床邊角落便有一隻木製尿桶，那味道混雜著老人的髮油和身上的味道，就像陳年的豆豉加上鹹魚和豆腐乳羼雜一起。小時候幫阿祖夾出倒插的眼睫毛是我的工作，往往在我屏氣凝神對付阿祖眼眶上剛冒出頭的睫毛時，牆角往往襲來陣陣尿臊味，讓我誤以為那種氣味就是所謂的老人味。那氣味也追隨著庄內一位老婦，她總穿著褪了色的大黑衿衫，臉上皺紋如溝渠縱橫，像個幽靈似地揹著竹簍天天走遍每條巷道，沿路撿拾牛糞豬屎回去做堆肥，以現在眼光來看她是珍惜資源環保愛地球的先鋒呢。以至於如今想起鄉下的老人們，不免感到依稀飄來屎尿的味道。

在那屎尿也不得浪費的年代，夜裡廁所的照明通常只有一盞三五燭光的小燈泡，甚至沒有燈泡。通往廁所的路上，還有蹲在廁所裡的那幾分鐘，往往就是幽靈鬼影誕生的時刻。黑暗，那種摸不著邊的黑暗創造了恐懼，尤其是單獨的時候，周邊蟲鳴啾啾，偶爾雞鴨說夢話，豬牛打鼾，聲聲無不恐嚇，彷彿惡鬼就在離你幾步遠的地方。堆肥糞便散發的氣味，更有催化恐怖的作用。

那時候村子裡處處的圍牆上還漆著「保密防諜，人人有責」的大字標語，不知緣於何故，傳說夜晚有匪諜與殭屍藏身廁所中。路燈稀少且暗澹，燈下蟲蚊團團翻飛，昏暗掩蓋著一切，是謠言耳語的滋生流傳的氛圍，於是幢幢諜影與僵直屍骸隨黑夜潛入兒童的想像之中，虛幻的驚懼變成了真切的恐怖，彷彿他們和黑暗已融為一體，童伴們說得有腳有手的傳言將廁所形容得和墓仔埔一樣恐怖，往往驚嚇得我輩在夜裡不敢上廁所。

女孩子們總喜歡結伴一起上廁所，在廁所裡最是能夠頭靠著頭互相說說體己話。以往，同學們習慣將衛生用品以小包或袋子裝著，儘可能隱藏起來，不願意讓人看見。那年代，農村中未成年的男女在路上並行都要遭人非議，更何況這種個人私密的事。再稍後幾年，年輕女性卻毫無顧忌地在人前拿來拿去，比較品牌，毫不避諱地大聲公開談論女性話題，讓我大為驚訝，風氣的轉變也未免太快太大了。

與種種驚悚經驗不同的，出門在外用過了那麼多的廁所，唯一不忘的是二十多年前，在京都南禪寺的木造廁所。昏昏的光線，乾淨的空間，木質的結構有相當的年代了，在那樣的環境中讓人的心情和舉止自然舒緩下來，充分體現日式「陰翳」的生活美學，原來上廁所也可以是那麼優雅的事情。

教人難堪的是二〇〇三年到北京旅行，在圓明園裡相對兩排一格一格的無門廁所，真令人困窘又臉紅，一時不知如何是好。回到市區，在書店中好不容易找到廁所，但即便有門，人們也不關上，還隔牆聊天，我非常奇怪她們沒有隱私的問題嗎？雖說不看人家方便是規矩，但如此令人難堪的無所忌憚，也是最讓人不願意看到的民俗風光。就像商家將內衣褲的攤子擺在騎樓上任人挑選一樣，讓人怎好意思停步購買呢？那等似當路晾曬內衣褲一般不雅觀啊。

印象中的廁所總是髒、臭、暗，幸好抽水馬桶改善了衛生環境，讓上廁所這件事不再驚慌。在連日陰雨之後，日光斜斜照入家中的廁所，釉白的馬桶上映照著水光與日影，一時彷彿改變了馬桶做為一隻馬桶的意義，讓人十分驚艷它的乾淨美麗。不多不少，一個明亮乾淨的小地方。我的這間廁所大約一張塌塌米的大小，安上抽水馬桶，加上一個洗手檯，勉強放下一個置物架，兩株小盆栽，就僅剩迴身的空間了。

我喜歡讓廁所裡維持潔淨而且沒有味道，有的話也是肥皂淡淡的香，便是最好的狀態。廁所中要是有一點尿騷味，都會讓我想起公用廁所。以往在車站、火車上、觀光景點，甚至是臺北中華商場樓梯間的公廁，多年積累下來的異味，混雜著煙蒂潮溼的味道，還有牆面或門板上猥褻不堪的塗鴉，那種嗅覺和視覺所凝結起來的違和感，總伴隨著一股強烈不潔和不安感。

總是覺得家裡的廁所才清潔得讓人安心。常常，家人回到家就直接衝向廁所，說是不習慣外面的。不知這是一種壓抑或是某種情結，還是癖性？

一個人在家，上廁所時我仍然確實地把門帶上關好。有一天猛然想到何必多此一舉呢，就你一個人啊，便試著不關門。從廁所出來，環視屋內的傢俱什物，卻有一絲絲的羞赧，它們與我一同生活在這個空間，一同呼吸的，此時它們似乎紛紛別過臉去，哎呀，真是不好意思啊。上廁所關不關門，這時候也成為一個睡覺時鬍鬚要放在棉被內或棉被外的惱人問題了。

進入廁所時，你擁有一個絕對隱密的空間與時間，可以不說話，不思考，不微笑。也可以對著鏡子說話，思考，微笑。在電影電視上常看到有人杵在廁所裡絞手搓揉頭髮不知如何是好，暗示著人生總有難以言說的種種困難。我也會在情緒大起伏的時候，鑽進廁所裡坐上一回，按下沖水閥，打開水龍頭洗洗臉洗洗手。這裡如此清簡，像是一個原點，是一個調整情緒轉換心情的小基地。在這裡待著的短暫幾分鐘裡，重新整頓自己振作起來或者放縱自己糜爛下去。哈。

所以我決定還是把廁所的門，好好關上。

縱浪網海

又來了，該死！這已經是第七個「譯註：實在查不出來」。

這位譯者的譯文平實流暢，錯漏的地方不多，態度認真，他會說實在查不出來，的確是在日文網站查不出來的。但是編輯可以讓書上突兀地出現幾個日文片假名拼音字嗎？

現在已經無法以「作者不詳」、「出處不詳」來搪塞了，譯者查不出來的地方、編輯手邊的參考資料也沒辦法解決的難題，如果乾脆粗暴地一筆刪掉，除了原書作者，或有人拿著原書對照著看，沒有讀者會知道的。但是，編輯自己知道。

比如：現存於伊朗的十五世紀「加百列為穆罕默德示現阿里的英勇」插畫的畫者、十二世紀法國「天使米迦勒大戰巨龍」的插畫存在某冊古籍裡，等等，等等看似可有可無，刪掉也不會死人的資料。但是，基於工作職責，基於對知識的尊重，基於好奇，基於「就不信我查不出來」的執拗，於是就不斷不斷地掉入「追查」的陷阱。長期累積下來的半壁工具書、百科全書、各種語文美術建築歷史宗教醫學兵器酒類人名專業辭典，總是不用時嫌多，要查時恨少。如今又多了網路，編輯真的很難再「偷懶」。

於是發揮福爾摩斯追查兇手的精神，將日文拼音一個字一個字還原到英文法文德文西班牙文的拼法，或者直接連到所在的美術館鍵入畫作名稱、年代等等關鍵字去搜尋。譬如要查一幅「耶穌入地獄」的作者，直接連到收藏所在的俄羅斯美術館網頁，以關鍵字：一五〇二年，查出一連串作品。幸好有畫作可做比對，但是面對全然無法判讀的俄文網頁，就像被放逐到西伯利亞無邊無際的雪地上一般，四顧茫茫一片。但，耶穌死後到復活前，能下到地獄救出先知摩西和施洗者約翰，祂也能拉我一把，在 yahoo 的翻譯功能鍵一按之下，將全部內容轉換成英文，解決了我的難題，原來我在眾裡尋他千百度的人，是當時一處修道院工坊的教士。鬆了一口氣，從來沒有像當下那樣覺得 yahoo 是如此可親可愛。

但親愛的上帝也不是一直與我同在的。網路上的翻譯器往往只會把阿拉伯文西班牙文譯成中式天文或者亂碼，這時只得再試其他方法。有時如同得了某種強迫症似的，卯起來查找，非查出來不可，彈指之間地球不知道繞過幾圈了。就在上窮碧落下黃泉搜尋之際，時間一小時，二小時，三小時過去了。

老闆曾經質疑：一本書有譯者譯文字，有美編排版面，那你們都在做什麼，編一本書要搞那麼久！啊？編輯在做什麼？編輯都在做什麼？就在做這些老闆看不到，讀者也察覺不出的工夫。這些工夫無法表現在銷售數字上，枯瘦的數字無法容納知識。事情總是這樣的，往往科學家或學者長期追索的問題，當他們得到結論時，或許也只是論文中簡短的一句話而已。但是面對知識，面對編輯工作，你只能謙卑，永遠有你不知不懂的事物隨時跳出來。

對於不知不懂的事物，愈有疑心和好奇，文稿就處處有陷阱，正如生活上也是處處皆陷阱。同事在編一本關於身體美學的書時，整理文稿白天做不完，還得帶回家晚上繼續做，累到哭出來，長久累積的疲憊也使健康出了狀況，完全違反該書所倡導「與身體做朋友」的良善原則。曾經，我在網路上查讀了幾十條的說明，還是看不懂量子力學是什麼，卻意外發現了二十幾年前分手了的朋友的訊息。他已經拿到博士學位任教於某大學，他的研究領域也包括量子力學，而且近照、電話、E-mail、學校地址什麼都有。啊，不行不行，事情應適可而止。也曾經，在網路上不知道誤觸了什麼地雷，彷彿轟然一聲螢幕上突然跳出赤裸裸活生生的色情圖片。這非同尋常，真是這樣的嗎，人體的某部分器官真長這樣的嗎？捂住幾乎要失聲大叫的嘴，左右看看有無他人走近，我從來沒有這麼近距離，影像這樣清晰地注視過。原來人體器官，竟像某種令人嫌惡的蠕蠕而動的海生動物。直到這時候我也才明白，原來自己對身體的認識還停留在國中教科書的水平，像一部衛教宣導影片，正面、光明，然而沒有顏色而且不真實。這身體裡處處充滿奧秘與驚詫。一旦有了好奇，彷如一片神秘莽林吸引人去探險。噫，夠了夠了，事情要適可而止。

老闆希望我們編輯個個十八般武藝俱全，追稿子，趕進度，跑媒體宣傳，跳上通路檯面打書，碰運氣搶到暢銷書，舉辦新書發表會座談會。現在連出版工作都要綜藝化了，唉，編輯很累很累耶。那是一種難以穿透的疲累，人像影子一樣，累得不太確定工作的意義是什麼。

當我查出第九個「譯註：實在查不出來」，這本書實際的編輯工作也大致完成了。我關掉一個又一個網頁，忽然，很不確定自己在搜尋的是什麼？

後記

島國兩端三十年

鄭麗卿

南來北往，來來回回，這一趟路，三十幾年來我從第一趟八小時的對號快火車北上求學，過了兩三年有了自強號火車四小時臺北到高雄，然後是高速公路五小時從臺北到屏東的國光號，再來是為避免高速公路的大塞車，改搭飛機，直到目前的高鐵。交通工具速度愈來愈快，穿梭奔波在島國兩端，屏東與臺北，但我的腳步還是很忙。

總是匆忙，直到在車廂內坐定，望向車窗外。二月底南下時，高鐵過了板橋之後，回到地面。窗外，田地才剛整過的方塊農田裡浮著薄薄的水光。到了新竹附近，水田裡剛插了秧，稀稀的綠苗歪斜著瘦伶伶地還站不穩。高鐵飛快，轉眼到了臺中，田地的綠秧茂密了些，再往南，已看不清稻禾行間的空隙，一片綠意柔軟如織毯。

進入高雄之前，窗外的稻田已有半尺高，彷彿稻秧也隨著軌道南下，一分一寸地長出來，由新綠轉濃。

一周之後，我再度搭車北上，窗外的景致就像影片倒帶一般，片片濃綠依序逐漸轉淡。

鄉思也是這樣濃濃淡淡的。離家「五百里」，很遙遠嗎？三十餘年很長久嗎？如今回想起來也不過彈指間而已。南北來去之間，總有難以言說的，理之不清的什麼纏繞於心。於是我把我所知道的，我所記憶的，我所看見的，我深有體會的關於家鄉——鹽埔，寫出來。這裡是一座寶山，提供我寫作上源源不斷的素材。

而在臺北求學、工作、生活也三十多年了，其中適應和不習慣的地方，仍然是在臺北生活的底色。

收在這本散文集裡的是近三年來所寫的文章。如今再一次閱讀，更發覺手上的這支筆磨得還不夠利，諸多篇章不盡完好，還有很大的進步空間。但事到如今，也只好不揣淺陋，如實呈現，期許自己日後更加努力了。

最後，要感謝二魚文化公司出版這個集子，和亮瑩、瓊文兩位編輯的辛苦。更要感謝阿盛老師，老師火眼金睛閱看我的文字，不曾嫌棄我的駑鈍，時刻鼓勵與鞭策著我往前走，我銘感不忘。

附錄

發表紀錄

（依目次順序）

記憶之所繫　原文為第三屆新北市文學獎 散文類佳作

回到鹽埔　原文為第十屆大武山文學獎散文類佳作（二〇一一）

愛到入骨　原載於《中國時報》人間副刊，二〇一三年五月十九日

回娘家曬太陽　原載於《聯合報》聯合副刊，二〇一三年五月十二日

老農與遙控器　原載於《聯合報》聯合副刊，二〇一二年三月二十二日

腳與鞋　原載於《中國時報》人間副刊，二〇一三年三月十四日

採檳榔　原載於《聯合報》聯合副刊，二〇一四年二月二十日

補冬與消暑　原載於《聯合報》聯合副刊，二〇一二年一月十九日、入選二魚《2012 飲食文選》

野炊　原載於《自由時報》自由副刊，二〇一三年四月十六日

午後雷陣雨　原載於《自由時報》自由副刊，二〇一二年二月二十六日

冬陽下　原載於《自由時報》自由副刊，二〇一二年十二月二十六日

雨　原載於《聯合報》聯合副刊，二〇一一年九月十九日

艷艷美人蕉　原載於《中國時報》人間副刊，二〇一二年九月四日

熱鬧圓仔花　原載於《人間福報》副刊，二〇一二年九月十九日

桑椹　原載於《中國時報》人間副刊，二〇一三年四月五日、入選二魚《2013 飲食文選》

含羞草　原載於《聯合副刊》，二〇一三年一月二十日

甘籃菜　原載於《聯合報》聯合副刊，二〇一三年七月九日

放手練習曲　原文為第一屆新北市文學獎散文類佳作（二〇一一）

在公車上　原載於《自由時報》自由副刊，二〇一二年七月一日
寥落圖書館　原載於《聯合報》聯合副刊，二〇一二年十一月二日
巷子的聲音　原載於《聯合報》聯合副刊，二〇一二年九月二十三日
恢恢蜘蛛網　原載於《中國時報》人間副刊，二〇一二年九月二十五日
燕子飛　原載於《中國時報》人間副刊，二〇一二年十一月十一日
捷運站出口　原載於《自由時報》自由副刊，二〇一三年十一月十日
凝睇　原載於《自由時報》自由副刊，二〇一二年九月十一日
午睡之後　原載於《中國時報》人間副刊，二〇一三年二月十七日
明日黃花　原載於《聯合報》聯合副刊，二〇一三年十一月十八日
無業手記　原載於《聯合報》聯合副刊，二〇一四年四月九日
新滋味　原載於《自由時報》自由副刊，二〇一四年四月十五日
廁所與我　原載於《中國時報》人間副刊，二〇一三年八月十四日

二魚文化　文學花園　C115

回娘家曬太陽

作　　者　鄭麗卿
責任編輯　李亮瑩
美術設計　費得貞
編輯主任　葉菁燕
讀者服務　詹淑真

出 版 者　二魚文化事業有限公司
地址　106 臺北市大安區和平東路一段 121 號 3 樓之 2
網址　www.2-fishes.com
電話　(02)23515288
傳真　(02)23518061
郵政劃撥帳號　19625599
劃撥戶名　二魚文化事業有限公司
法律顧問　林鈺雄律師事務所

總 經 銷　大和書報圖書股份有限公司
電話　(02)89902588
傳真　(02)22901658

製版印刷　彩達印刷有限公司
初版一刷　二〇一四年七月
I S B N　978-986-5813-37-6
定　　價　二三〇元

題字篆印　李蕭錕

國家圖書館出版品預行編目(CIP)資料

回娘家曬太陽 / 鄭麗卿著. -- 初版. --
臺北市：二魚文化, 2014.07
208面；14.8 X 21公分. -- (文學花園；
C115)
ISBN 978-986-5813-37-6(平裝)

855　　103011709

創作補助／
財團法人國家文化藝術基金會

二魚文化 讀者回函卡　讀者服務專線：（02）23515288

感謝您購買此書，為了更貼近讀者的需求，出版您想閱讀的書籍，請撥冗填寫回函卡，二魚將不定時提供您最新出版訊息、優惠活動通知。
若有寶貴的建議，也歡迎您 e-mail 至 2fishes@2-fishes.com，我們會更加努力，謝謝！

姓名：＿＿＿＿＿＿＿＿ 性別：□男　□女　職業：＿＿＿＿＿＿

出生日期：西元＿＿＿年＿＿月＿＿日 E-mail：＿＿＿＿＿＿＿＿＿＿＿＿＿＿

地址：□□□□□ ＿＿＿＿＿縣市＿＿＿＿＿鄉鎮市區＿＿＿＿＿路街＿＿＿段＿＿＿巷＿＿＿弄＿＿＿號＿＿＿樓

電話：（市內）＿＿＿＿＿＿＿＿（手機）＿＿＿＿＿＿＿＿＿

1. 您從哪裡得知本書的訊息？

□逛書店時
□逛便利商店時
□上量販店時
□朋友強力推薦
□網路書店（站名：＿＿＿＿＿＿）
□看報紙（報名：＿＿＿＿＿＿）
□聽廣播（電臺：＿＿＿＿＿＿）
□看電視（節目：＿＿＿＿＿＿）
□其他地方，是＿＿＿＿＿＿

2. 您在哪裡買到這本書？

□書店，哪一家＿＿＿＿＿＿
□量販店，哪一家＿＿＿＿＿＿
□便利商店，哪一家＿＿＿＿＿＿
□網路書店，哪一家＿＿＿＿＿＿
□其他＿＿＿＿＿＿＿＿

3. 您買這本書時，有沒有折扣或是減價？

□有，折扣或是買的價格是＿＿＿＿＿＿
□沒有

4. 這本書哪些地方吸引您？（可複選）

□內容剛好是您需要的
□價格便宜
□是您喜歡的作者
□封面設計很漂亮
□內頁排版閱讀舒適
□您是二魚的忠實讀者

5. 哪些主題是您感興趣的？（可複選）

□新詩 □散文 □小說 □商業理財 □藝術設計 □人文史地 □社會科學
□自然科普 □醫療保健 □心靈勵志 □飲食 □生活風格 □旅遊 □宗教命理 □親子教養
□其他主題，如：＿＿＿＿＿＿＿＿＿＿＿＿

6. 對於本書，您希望哪些地方再加強？或其他寶貴意見？

＿＿＿＿＿＿＿＿＿＿＿＿＿＿＿＿＿＿＿＿＿＿＿＿

＿＿＿＿＿＿＿＿＿＿＿＿＿＿＿＿＿＿＿＿＿＿＿＿

請沿線剪下後，對折以膠帶黏貼，免貼郵票，直接投入郵筒寄回！

廣告回信
台北郵局登記證
台北廣字第02430號
免貼郵票

106 臺北市大安區和平東路一段 121 號 3 樓之 2

二魚文化事業有限公司 收

文學花園系列

C115 回娘家曬太陽

●姓名

●地址

二魚文化